UA:BRARI

DO OUTRO LADO DO MUNDO

MARCELO RUBENS PAIVA

UA:BRARI

DO OUTRO LADO DO MUNDO

EDITORA OBJETIVA LTDA. Rua Cosme Velho, 103
Rio de Janeiro — RJ — CEP: 22241-090
Tel.: (21) 2199-7824 — Fax: (21) 2199-7825
www.objetiva.com.br

Capa
Luiz Stein Design (LSD)

Designers assistentes
João Marcelo
Fernando Grossman
Marcela Ripper
Mariana Spena

Ilustração de capa
Luiz Stein Design (LSD) / Shutterstock Images

Revisão
Diogo Henriques
Beatriz Branquinho
Tamara Sender
Joana Milli

Editoração eletrônica
Abreu's System Ltda.

P169u

Paiva, Marcelo Rubens
Ua:Brari: do outro lado do mundo / Marcelo Rubens Paiva. – Rio de Janeiro : Objetiva, 2011.

255p. ISBN 978-85-390-0182-8

1. Romance brasileiro. I. Título.

10-5432. CDD: 869.93
CDU: 821.134.3(81)-3

I
DON'T WORRY

Eu, na estrada, parado, com o rádio ligado, esperando. O locutor dizia:

UMA NOTÍCIA BOA E UMA RUIM. PRIMEIRO A BOA: NÃO HÁ NOTÍCIA RUIM.

Eu, no carro, no acostamento da rodovia Castelo Branco. Meu carro parado, sem combustível, e o rádio vomitando e o sol na minha cara. Eu não tinha outra opção. Não se deixa um carro abandonado numa estrada como essa. Tinha de esperar, escutando o rádio vomitando:

FAÇA A COISA CERTA. OUÇA BEM! OUÇA!

Eu, com a roupa encharcada. Suor. Há dias fazia um calor insuportável. Há anos o clima de São Paulo perdeu a lógica. Eu deveria estar em casa, calado, sem respirar. E o locutor vomitava:

CHUVAS. FRENTE FRIA, UMAS NUVENS, ESPERO, TORÇO...

O sol se punha na minha frente. A bruma nascia do asfalto e as imagens se embaralhavam numa estrada de luzes e miragens, e carros, caminhões e tudo mais a trocentos por hora. Eu, parado, e todos a caminho, na rodovia Castelo Branco. Parado, escutando o rádio, esperando Gustav. Quem é Gustav?

Gustav é um amigo, é o dono do carro. É quem dirigia. Era, pois acabou a gasolina, e Gustav foi pegar gasolina.
Ele jurou que tinha um posto perto. Fiquei no carro e vi sua imagem, no retrovisor, andando pelo acostamento, com um galão vazio, até sumir em busca do posto. Há quanto tempo? Bastante. O suficiente para chegarmos atrasados ao casamento. Se chegarmos. E um outro locutor interrompeu o anterior para anunciar:

EM BRASÍLIA, DEZENOVE HORAS.

Em São Paulo, dezenove. O casamento começava às dezoito. Desliguei o rádio e, observando a fogueira ao lado, lembrei-me de um jogo da minha infância. JÔ QUEM PÓ. Quem pode mais? A mão aberta, papel. Mão fechada, pedra. Dois dedos, tesoura. Quando era criança, inventei os dedos se mexendo, fogo. O-papel-embrulha-a-pedra-que-quebra-a-tesoura-que-corta-o-papel. Assim é justo. Mas o fogo destruía os três.
Um carro passou rente e parou no acostamento. Deu uma ré e estacionou logo à frente. A porta de trás se abriu. Dela, desceu Gustav, finalmente! Olhei o galão em sua mão. Parecia vazio. Como vazio?! Gustav veio e jogou o galão vazio no banco de trás.
— Vamos. Eles nos levam.
— E a gasolina?
— Deixei a carteira aqui no carro.
— Deixou a carteira no carro?!
— Mesmo assim não iria adiantar. O meu carro é a álcool e não tinha álcool. Deixe ele aí.
— Vai deixar ele aí?!
— Virou eco? Deixe ele aí! Depois eu pego — Gustav, fechando os vidros. — Quem é que vai roubar um carro sem álcool?!

O fogo no barranco; purificação. Até quando? Fui até o outro carro, dei uma boa-tarde e entrei. Gustav veio logo depois e fechou a porta. Silêncio. Examinaram-me nos mínimos detalhes: cabelo, roupa, físico, sapatos, alma. O motorista era um velho, gordo, ao lado de uma senhora, gorda. Duas crianças gordas no meu banco. Uma mistura de perfumes gordos no ar. Todos elegantemente vestidos. E suados. Sorri. Continuavam me avaliando em silêncio. Passarei no teste?

— Pronto, já podemos ir — Gustav quebrou o gelo.

O motorista olhou para a frente. Todos fizeram o mesmo. Partimos; fui aprovado.

Andávamos lentamente, sem que ele engatasse a terceira. Gustav parecia impaciente; quase se debruçou sobre o motorista para mudar a marcha. Abriu a janela. O vento soprou as folhas de papel que estavam por ali e jogou o penteado dos gordinhos pro espaço. Mas ninguém se importou.

— A entrada é daqui a pouco. O senhor sabe? — Gustav.

Não respondeu.

A entrada não aparecia, o tempo passava e Gustav roendo unhas. Começou a assoviar: "Brasil, teu cenário é uma beleza, que a natureza criou..." Uma limusine preta nos ultrapassou a toda, assustando o nosso motorista. Provavelmente, a noiva. Chegaremos juntos... A limusine dobrou à direita. Era a entrada. Fizemos o mesmo.

— São parentes da noiva? — a mulher.

— Amigos.

— Da noiva?

— É.

— Ela é uma gracinha — a mulher. — E estava na hora. Há quanto tempo eles já se conhecem? Seis anos, se não me engano.

— Por aí — Gustav.

— São amigos dela há muito tempo? — a mulher.

— Estudamos no mesmo colégio — Gustav.
— E você, não fala nada? — a mulher me perguntou e abriu um sorriso imenso.
Esperaram a minha resposta.
— Falo.
E não falei mais nada.
Subíamos por uma estrada, curvas e curvas, atravessando uma reserva de eucaliptos, ou reflorestamento. Éramos os únicos, provavelmente os: "Só agora?" "Estão atrasados..." "Perderam uma grande festa."
— Já me aconteceu de acabar o álcool no meio do caminho — o motorista. — Você está no carro, tranquilo, quando o motor apaga e o silêncio roda com você até o acostamento. Desce do carro e não sabe se volta, se vai pra frente, ou se pede carona. Aqueles carros passando e ninguém para pra ajudar. Você descobre o quanto é frágil sem o carro. Se sente órfão. Tem todos os lugares para ir, mas fica parado. E o pior é que pode acontecer novamente.
Começamos a cruzar com os primeiros carros estacionados. Em frente à capela, pessoas hipnotizadas pela espera. A impressão que se tinha era de que o próprio Jesus Cristo chegaria numa limusine preta, gritando:

Mais fácil passar um camelo
Pelo buraco de uma agulha
Do que um rico entrar no reino dos céus!

Estacionamos numa vaga distante e agradecemos a carona. A igreja era cercada por um gramado, no alto de uma montanha. Simples, simpática, pequena, bem pequena. De todos os lados, vozes. Um salto alto se quebrando. Copos num brinde. Casacos de lontra esbarrando em raposas e ursos. E a lua nascendo...

Quatro negros envoltos em panos dourados e com turbantes na cabeça conduziam uma cadeirinha coberta, decorada com flores. Esperava de tudo: Rolls Royce, charrete com cavalos brancos. Jamais uma liteira com quatro sujeitos carregando; bem que ela me avisara que eu teria uma surpresa na sua chegada. O "veículo" deu a volta ao redor da igreja, como uma peça a ser leiloada. Algumas crianças correram atrás. Palmas. Finalmente estacionou.
Ela desceu e me olhou. Foi a primeira pessoa para quem olhou. Estava sorrindo. Estava feliz. A lua abriu-se de vez e desenhou um caminho. Ela seguiu pelo corredor humano que desembocava na entrada principal da igreja, acenando para todos. Desejos de: "Boa sorte..." Você vai precisar. Eu também. Quem não vai?
A noiva entrou. O corredor se dispersou. Não cabia mais ninguém dentro da igreja. A porta, onde fiquei com Gustav, apinhada. Ficamos amontoados, com um amontoado de pescoços esticados que tentavam ver o que sucedia lá dentro. A voz do padre casando-os...
— O que você tem? — Gustav.
Todos me olharam. Senti uma gota de suor escorrendo. O casamento rolava, eu suava, e aguardavam o meu diagnóstico.
— Nada...
Ninguém se convenceu. Peguei Gustav pelo braço e começamos a andar em volta da igreja.
— Eu não aguento aglomeração.
— Calma, Fred, calma...
Esbarrávamos em velhos, crianças, parentes e bicos instalados nas janelas e portas laterais, com a atenção voltada para o que acontecia dentro. De relance, tentei ver o altar, mas só cabeças, cabelos, peles e a cara de uma raposa enrolada num pescoço. Atravessamos o gramado e fomos nos sentar numa

cerca de madeira. Ele destroçou um maço de cigarros e começou a enrolar.

— Eu não queria estar na sua pele, Fred.

— Você nunca vai estar.

— Relaxa. Tente não pensar em nada.

Tentei. Fechei os olhos e... fogo, uma insistente limusine preta, com os vidros escuros — e seus ocupantes incógnitos. A noiva chegando, o primeiro olhar. Seu rosto bronzeado, véus-vento e uma lua imensa desenhando o caminho.

— Vamos, já acabou. Estão todos saindo, vamos!

Acabara. Estavam todos saindo. Fomos descendo o morro em direção a um enorme salão. O assunto era um só: a noiva!

Paramos na entrada do salão. A fila que desceu o morro transformou-se numa fila de cumprimentos. Já havia muita gente, e as mesas, ocupadas. A orquestra tocava uma rumba, ou salsa, algo do gênero. Gustav entrou no salão. Fiquei onde estava, esperando a minha vez; eu havia prometido. Na minha frente, a mãe da noiva!

— Obrigada por ter vindo.

O pai da noiva. Era a cara dela:

— Obrigado por ter vindo.

São eles quem compram as bebidas, contratam o bufê, a orquestra e ainda nos agradecem por termos ido. Agora sim, o pai do noivo, Antônio Levell. Já o entrevistara mais de uma vez, quando atuava na Fiesp. Cheguei a escrever um editorial intitulado "O burguês sem projeto." Não me reconheceu. Nem me agradeceu por ter ido. Apertamos as mãos e nada mais. O noivo.

— Lembra-se dele? — a noiva, já que ele não me reconhecera.

— Fred Klima! Nossa, há quanto tempo. Claro que eu me lembro. Como você está?

— Bem, e você?

— Casado — e fez a cara do homem mais feliz da montanha.
— Obrigado por ter vindo.
De nada. Finalmente a noiva.
— Parabéns.
— Para com isso, Fred!
— O que você queria que eu dissesse?
Ela encostou o seu rosto no meu e falou baixinho, secreta:
— Gostou da minha entrada? Não te falei que eu ia detonar? Você foi logo a primeira pessoa que vi. Não é incrível?! — A fila se espremeu nas minhas costas.
— Que bom que você veio...
Em seguida, passou a cumprimentar os que estavam atrás.
Uma mesa livre. Acelerei o passo e consegui chegar antes de um grupo qualquer. Assim que me sentei, um garçom apareceu do nada, acendeu a vela da mesa, encheu um copo com uísque, colocou na minha frente e falou um "De nada" antes que eu agradecesse. Tentei me lembrar há quanto tempo não bebia. Mas tudo era festa. Segurei o copo e dei um gole com muito, mas muito prazer. A família de gordos acenando pra mim. Resolveram se juntar.
— Finalmente alguém conhecido — a mulher, intimamente. Despachou os filhos e sentou-se ao meu lado. — Onde está seu amigo simpático?
— Está lá!
E apontei para um lugar qualquer. Ela mandou um tchauzinho pro vazio; o que a teria levado a achar Gustav simpático?
— Você não é de falar muito.
— Me desculpe, hoje estou um pouco indisposto.
— O que você tem?
— Não sei. Acho que não é grave.
— Às vezes também me acontece. Quando não dói a cabeça, é o estômago. Ou as varizes, ou cólicas. E nunca sei o motivo. O melhor a fazer é relaxar, respirar fundo e parar de beber.

E tirou o copo da minha mão.

— Olha só... — apontou para os recém-casados que caminhavam por entre mesas-talheres-e-copos-e-velas-acesas, já os primeiros bêbados e ainda os últimos suspiros de louvação. — É tão difícil nos dias de hoje ver uma cena como esta. Falam que o casamento é uma instituição falida, e que os jovens têm outros valores. Mas eu não acredito. Foi só um modismo bobo que já passou. Tudo volta a ser o que era antes. Você é casado?

— Não.

— O que é da noiva?

Já havia me perguntado. Levantei-me e respondi sem olhar pra trás e sem o meu copo:

— Apenas um amigo.

Fui para o lado do palco, onde a orquestra tocava Duke Ellington. A clarinetista era uma velha conhecida. Desafinou quando me viu. Trocamos tchaus e ela voltou a tocar. Vi amigos dos meus pais. Quase todo o parque industrial de São Paulo, e por que não dizer do Brasil, estava presente. O Produto Interno Bruto daquele salão era maior do que o da maioria dos países do Terceiro Mundo. Presentes três ministros de Estado e quatro ex-ministros, esposas e filhos. Presentes também quase toda a diretoria da Fiesp, o presidente da Associação Comercial do Estado, os presidentes da Bovespa, da Sabesp, do Inamps, secretários do Estado, pessoas que já entrevistei, ou cujos filhos já encontrei por aí. São Paulo tem 14 milhões de habitantes, mas frequentamos o mesmo colégio, as mesmas festas, os mesmos bares, às vezes os mesmos banheiros sobre as mesmas pias de mármore. Me concentrei na família Levell, dona da festa, do noivo e, agora, por contrato, da noiva. Estavam marginalizados e tensos. O pai permanecia sentado, com os ombros caídos, sem tirar os olhos dos cubos de gelo se derretendo no copo. Podia-se pensar de tudo, menos que um de seus herdeiros estava se casando. A mãe, aflita, ocupando-se da festa e do marido, atenciosa com quem fosse cumprimentá-la. Mas, na maioria das vezes, olhava para os cubos de gelo se derretendo. Estavam tristes.

— Eu nem me casei e já estou cheia! — a noiva, sem o noivo, dando tchauzinhos para uma mesa de convivas que, viva!, acenavam. — O que há com você?

— Todo mundo me fez essa pergunta. O que há comigo?

— Não sei.

— Só estou olhando.

— Olhando o quê?

— A sua nova família.

— E que tal?

— Seu sogro está triste.

— Está nada.

— Claro que está.

— Como é que você sabe?

— Olha pra ele. O filho dele está se casando.

— Eu sei, e é comigo.

— Parecem tensos.

— Têm os seus motivos.

— Quais?

— Por que a curiosidade?

— Simples curiosidade.

— Não posso te falar.

— Agora fala.

— Não.

— Você tem um segredo? Não sabia que você guarda segredos.

— Você não me conhece.

Pausa.

— Quer mesmo saber?

— Quero.

— Então vem sentar conosco.
Ela me puxou e antes que eu esboçasse qualquer resistência estava sentado, com um guardanapo no colo, o prato de entrada à minha frente, e Antônio Levell me perguntando:
— Como está o seu pai?
— Me parece que melhorou.
— Ele não veio?
— Não.
— Fomos muito amigos. Era um grande empresário: moderno, atuante. Uma pena o que aconteceu.
— Tudo bem...
— Você estudou com o meu outro filho, não foi?
— Fomos colegas no segundo grau.
— Eu me lembro de vocês, em casa, estudando pro vestibular.
— Onde ele está? Não o vi no casamento.
— O Zaldo?...
Voltou a olhar para os cubos de gelo. Peguei o garfo e... perdi a fome. Alguma coisa aconteceu: Zaldo nunca perderia uma festa como aquela. Levell me perguntou:
— Está a trabalho?
— Não. Vim porque vim.
— Parabéns, Antônio — o ministro da Justiça nos interrompeu. — Está uma grande festa.
— Está sim. Como vai? Este aqui é o filho do Klima.
— Prazer — o ministro.
— Prazer.
Flashes estouraram. O ministro cumprimentando Antônio Levell. A imprensa registrando o grande momento. O aperto de mãos durou mais que o necessário, dando tempo para os focos, melhores ângulos. Os fotógrafos pediam:
— Só mais uma, seu Antônio.
— Vira pra nós aqui, por favor.

— Aperta a mão. Isso, mais um pouco. Dá um abraço — flashes.
— Nós temos um amigo em comum — disse o noivo, irmão de Zaldo.
Atrás dele, um sujeito que eu conhecia, mas não muito bem. Desses sujeitos que se encontram em todas as festas, mas não se tem ideia do que faz, nem a que veio. Não me lembrava do seu nome. Sabia que era algo "inho" (Binho, Dinho, Tinho, Quinho...). Cumprimentei-o falando a primeira sílaba baixo, realçando o "inho". Sentou-se ao meu lado, pôs a mão no meu ombro e falou, falou, falou... Enquanto fingia prestar atenção, ia cumprimentando a distância alguns ex-colegas, amigos e o fotógrafo do meu jornal. Levell e o ministro mantinham uma conversa reservada, ao pé do ouvido. Consegui ouvir o ministro dizer:
— Isso que você me pede é difícil, mas...
Não ouvi mais nada. "Inho" estava bêbado e reclamou da iluminação da festa; acreditava que a iluminação cria o ambiente, transforma as pessoas. Tem um tipo de pessoa que sempre quer as coisas diferentes. Se é escuro, quer claro. Se é fogo, quer ar. Se Brasil, quer Brazil. Tudo bem. Dar ouvidos...
Uma valsa. Burburinho. Todos se levantaram. Emoção. Luzes nos noivos. Caminharam de mãos dadas até o palco e começaram a dançar. Flashes, aplausos e lágrimas. Agarrados, apaixonados, ela encostou a cabeça no ombro dele, que falava coisas suaves no ouvido dela, e uma luz forte, por trás, transformou seus corpos numa nuvem desfocada, um eclipse: o sol coberto pelo encontro de um planeta e a sua lua, um esbarrão rápido, coito. Beijaram-se, imaginando que pudessem viver por todo o tempo como um só, mas têm suas órbitas já desenhadas e devem cumpri-las.
— É demais, demais... — "Inho", muito emocionado, acendendo o cigarro na vela em frente. — Este casal é a coisa mais

linda que existe. Se conhecem há tanto tempo que tocam de improviso...

A valsa virou rumba, ou salsa. A festa dividiu-se entre os que dançavam e os que olhavam os que dançavam. Gustav me tirou daquele cerco e me arrastou até o banheiro, como sempre. A porta estava trancada. Gustav bateu três vezes. Abriu e uma cabeça apareceu na fresta:

— Ah, são vocês.

Deixou-nos entrar. Havia outra festa no banheiro. Entre eles, a irmã do noivo, um sujeito que me apresentaram como Bola, primo do noivo, magro como uma caneta, e mais alguns futuros membros do inventário da indústria paulista, herdeiros do país, muitos dos quais eu já conhecia. Brindavam:

— Muito brilho para os noivos!

— Uma carreira longa...

— Do pó eles nasceram!

Ao longo da pia, várias carreiras de pó formavam a palavra "BRASIL". Estavam consumindo o "B", quando me ofereceram.

— Não, obrigado.

— Não?! Vai recusar?!

— Vai! Uminha só.

— Uminha não mata ninguém!

— Eu não cheiro.

— Não cheira?!

Decepção. Esperei o início do "R" ser consumido e fui para a privada mais próxima, onde tranquei a porta e me sentei. Fechei os olhos e tapei os ouvidos.

> Uma vela derrubada na mesa. A chama se espalha sobre a toalha. Corta. Todos olham o casal que dança em câmera lenta. Uma pomba branca sai da cartola do noivo. Corta. Closes dos rostos

dos convidados, felizes. Os ministros, a família dos noivos, o pai do noivo e gelos se derretendo. Corta. A toalha, agora, é uma tocha em chamas. Um grito. Uma mulher corre e derruba a mesa. A chama se espalha. Fogo! Corta. O casal parando de dançar. Olhares assustados. Corre-corre. Sombras do fogo nas paredes. Pânico, sem direção. Um incêndio. Close nos noivos, abraçados, se derretendo.

Meu reino não é deste mundo.
[ ] [ ] [ ] [ ] [ ]
[ ] [ ] [ ] [ ] [ ]
Voltar à realidade.
Silêncio.
Abri a porta e não estavam mais no banheiro. Havia um homem, de costas, com a torneira aberta, lavando o rosto. Dei a descarga (por que dei a descarga?!) e fui para a pia, ficando ao seu lado. Abri a torneira e nos olhamos: o ministro da Justiça. Não sorriu nem nada. Voltou a lavar o rosto. Pude notar que o "BRASIL" fora consumido, restando alguns grãos de pó espalhados. Duas torneiras abertas. Ele enxugou o rosto e me viu olhando para a superfície da pia. Notou grãos perdidos. Esticou a mão, catou um grão, examinou-o e levou-o até a boca. Ficamos nos olhando por um tempo, até ele virar as costas e sair do banheiro batendo a porta:
[ ] [ ] [ ] [ ] [ ]
[ ] [ ] [ ] [ ] [ ]
Eu e minha imagem no espelho; imagem pálida, com olheiras, desamparada. E gotas de pó, de água, de tempo. Sozinho.
[ ] [ ] [ ] [ ] [ ]
[ ] [ ] [ ] [ ] [ ]

A porta abriu. Era ela:
— Estava te procurando.
Encostou-me na parede.
— Estou morrendo de vontade.
Grudou-se em mim.
— Não penso em outra coisa...
Eu não tinha como fugir. Aproximou o rosto e encostou a boca na minha. Fechei os olhos e senti a sua língua procurar a minha, a mão entrar na minha calça. Soltei e dei dois passos pra trás.
— O que foi?
No espelho, duas imagens. Um sujeito pálido, com olheiras, e uma mulher bronzeada, sorrindo, vestida de noiva.
[ ] [ ] [ ] [ ] [ ]
[ ] [ ] [ ] [ ] [ ]
A porta. Entrou o noivo:
— Estava te procurando!

Meu reino...

Tempos atrás.
Dois meses, acho. Numa terça-feira, por aí.
Fazia muito calor. Eu, na cozinha, com a porta da geladeira aberta, esfriando o corpo, quando o telefone tocou. Gustav, sempre ele, me convidando para uma festa de amigos que havia muito eu não via: os filhos do poder, grupo que conhecera no colégio, adolescência, e com quem costumava passar férias em Ilha Bela, onde, coincidência ou não, os pais desse seleto grupo tinham casas de verão. Durante as férias escolares, juntavam-se para planejar o futuro das suas *holdings*, do país, e, por que não dizer, dos seus filhos. Não tenho raiva deles. O que aconteceu à minha família foi um drama bem-escrito, final estranho (não

admito usar a palavra "infeliz"), com muito doping, depressão, um drama menor, perto dos que existem por aí.
Vesti uma roupa qualquer e Gustav me apanhou.
— Você devia fazer terapia, Fred.
Quem faz terapia vive dizendo isso...
— Atualmente, o meu guia é Jung — Gustav, irônico.
— Que responsabilidade a dele!
— Quem é o seu guia?
— Talvez o trabalho.
— Eu gosto de beber.
— Parei de beber.
— Gosto de cheirar.
— Parei também.
— Na cama, com uma mulher.
— Faz tempo...
— Quanto tempo?
— Bastante.
— É. Eu também. Mas hoje é o nosso dia de sorte.

Não exatamente.
A festa era numa cobertura na Vila Nova Conceição.
Já na entrada, o primeiro "O que tem feito?" me fez pensar se valeu a pena ter ido. Encontrar amigos que há muito não se vê é: o que falar, como responder ao fatídico "O que tem feito?" e, principalmente, lembrar-se dos seus nomes. Eles se encontravam com frequência; eu era o único que não se sabia o que estava fazendo. Todos beirando os trinta. Algumas crianças correndo: filhos.
As meninas se transformaram em mulheres elegantes, não mais falando das futilidades escolares e sim do trabalho, fútil ou não. Algumas já não tinham o corpo de antes. Quando elas me cumprimentavam, apresentavam um sujeito mal-en-

carado, pouco à vontade, marido, amante, sei lá, que, coitado, não conhecia ninguém. Em seguida, davam a ficha dele, currículo, como se eu fosse um júri, e perguntavam ao pé do ouvido: "Gostou dele?"

A maioria dos garotos já não fazia cara de mau, nem representava o tipo mais exótico da cidade. Não me apresentavam as suas mulheres, amantes. Seguravam um copo de uísque com um ar de donos de si, donos do poder. Lembrei-me de alguns apelidos: Fimose, que não estava mais careca, e Crocante, que não tinha mais espinhas.

A música da festa já não era inquietante, mas conveniente, de leve. Aos poucos, aumentavam o volume do som (à medida que o assunto ia se esgotando). Billy Paul, Lou Rawls, Marvin Gaye, algo da época. Quem colocou as músicas fez de propósito: nostalgia. Lembramos o tempo em que as maiores preocupações da vida eram não ter preocupações e esperar as aventuras de Ilha Bela. Arrastaram os móveis contra a parede, enrolaram o tapete, diminuíram as luzes e, claro, começaram a dançar. Existe um tipo de pessoa, sempre insatisfeita, que acredita que uma festa só é uma festa com a música no máximo volume e os móveis contra a parede, para poder pular e sacolejar e fazer voarem os cabelos, independente da maioria querer ou não. E somos todos escravos do prazer: exorcizar, exorcizar... A festa se resumiu àquele curto espaço dos que dançam e dos que olham os que dançam, pois com o som naquela altura fazer outra coisa era inimaginável, a não ser que: uma saída estratégica para a sala ao lado, que foi o que fiz.

Lá, a mesa farta e os glutões de sempre, experimentando os pães e cremes servidos. Um debate sobre os seus sabores, e surgem dicas indispensáveis como "O verde é o melhor". E era mesmo. Entrei para a roda e ficamos julgando o sabor de um "vermelho", quando me cumprimentou a dona da festa, Laika, uma ex-tímida, agora diretora de criação de uma agência de publicidade. Perguntou-nos se estávamos sendo bem tratados, essas coisas. Ao seu lado, Bia:

— Você se lembra de mim?

Claro que me lembrava; estudamos no tal colégio. Estava do mesmo jeito, apesar das primeiras rugas debaixo do queixo. Provamos um cinza e lembramos. Riu do dia em que eu não a aceitara em namoro; naquela época, eram as mulheres que pediam os rapazes em namoro, e, honestamente falando, não tenho a menor ideia de por que não aceitara. Lembrei-a da festa na casa de alguém, onde havia uma mesa de *sinuca,* na qual ficamos horas deitados nos beijando.

— Mesmo assim você não quis me namorar.

— Eu era um idiota.

— Não sabe o que perdeu.

— Sei sim.

Rimos.

— Está casado?

— Não.

— Ainda é jornalista?

— Como você sabe?

— Quantas vezes não vi seu nome no jornal, assinando artigos. Você é famoso.

— Meu nome é que é famoso, eu não. Todo dia, quando chego ao trabalho, o segurança me para e pede "Crachá!".

Rimos.

— E você? Casou?

— Pega o meu telefone. Vamos sair um dia desses. — Anotou o número num papel e me deu.

Sorrimos.

Atire!

Chegando em casa, Gustav reclamou que eu nunca ligo, que deveríamos nos ver mais, sair, um cinema, quantas coisas. Só foi embora com a promessa de que eu ligaria mais vezes. Todas as semanas saíamos, mas para Gustav era pouco. O paulistano é carente e tem medo da solidão, apesar dos tantos milhões na cidade. Está sempre à procura de uma data, um encontro. Volta para casa com a angústia: os bares estão cheios, reservas esgotadas nos restaurantes, e eu aqui; estão todos fazendo alguma coisa, e eu aqui; mais de cem cinemas, mais de cem teatros, e eu?! São Paulo sufoca, é a vida para quem tem sete vidas. Paulista com Augusta, o avesso. Frevinho, Eldorado, Bar do Estadão, Bar do Osni, do avesso. USP, Ibirapuera, Trianon, República, Copan, Citibank, Martinelli, Joelma, ave... Tantos canais de TV em VHF, mais tantos em UHF, mais a cabo, FM, AM, jornais, revistas, mala direta, livros, os olhos não devem piscar e dormir é para loucos que vão perder a grande aventura. São Paulo é um esforço, uma teia sem fim. E todos dizem que estão cheios e um dia vão, e alguns vão, mas voltam, e a maioria fica e fica: vício.
No apartamento, a rotina de sempre: ouvir a secretária eletrônica, beber um copo de leite e olhar pela janela pra bisbilhotar os vizinhos e saber se havia mais alguém acordado até altas horas. Havia. Algumas luzes acesas. Luzes que mudavam de tom, alternando-se entre o azul e o vermelho, piscando, aumentando e diminuindo, até culminarem num mesmo PLIM-PLIM. Repassei a festa, os encontros, os cremes e Bia. No mundo de hoje, numa cidade como São Paulo, muitas vezes o nosso passado parece ser o passado de uma outra pessoa. Fred de Ilha Bela, Fred de hoje, e quantos mais virão?

A vocês é concedido
Conhecer os mistérios dos céus
A eles não

Três dias depois, o telefone tocou. Bia; pegara o número com Gustav. Ao longo da conversa, pude descobrir no que a garota que beijei numa mesa de sinuca havia se transformado: fazia mestrado na GV, onde pesquisava a economia da Amazônia. Coincidência ou destino, eu estava, naquele momento, escrevendo um artigo sobre a Amazônia.

— Onde você mora?

Dei o meu endereço.

— Passo aí daqui a umas duas horas.

E desligou. Olhei ao redor: ela está vindo e estou desarrumado, com a casa cheirando a mofo. Corre! Tomei um banho rápido, me vesti sem nenhum estilo (o que já é um estilo) e arrumei a casa dando um toque sutilmente desorganizado; existem mulheres que adoram encontrar homens que moram sozinhos e são sutilmente desorganizados: nos adotam de imediato e dão uma batelada de conselhos sobre alimentação, decoração, e como usar os malditos aparelhos domésticos da nova era..

O que está fazendo?!

Voltei a desarrumar tudo, despenteei o cabelo e vesti uma roupa caseira, dessas que uma pessoa veste quando vai discutir a economia da Amazônia. Esperei fazendo qualquer coisa.

Ela chegou com uma roupa simples, calça jeans e camiseta branca-bem-justa, carregando várias pastas e livros. Reclamou do calor-trânsito-obras-do-metrô-Zona-Azul etc. e sentou-se exausta. Fiz ela se levantar para mostrar o apartamento. A qualquer um que chegue no meu apartamento mostro todas as dependências. Não sei que interesse tem isso para os outros. Que diferença fazia ela conhecer o meu banheiro, a minha cozinha e o resto? Para minha surpresa, não fez referências à desarrumação, nem aos aparelhos ultra-master-plus-tritura-domésticos que uma vez comprei num ataque de consumismo e que até hoje não sei pra que servem.

— Na maioria das vezes trabalho em casa e mando o artigo pelo telefone.

— Vida boa.

Mas solitária. Reclamou que eu não devia deixar os disquetes assim, jogados. Guardou todos em suas respectivas capinhas. Estava de bom humor:

— Não sabia que alguém ainda se interessava pela Amazônia. Pensei que já tivesse saído de moda. Foi capa de revista no mundo todo, atores de Hollywood protestando, até o Sting. Passeatas, debates ecológicos, Raoni viajando, dando entrevistas para a televisão francesa... Já me disseram que não se fala mais da Amazônia no exterior. Acabaram os seus quinze minutos de glória. E de que adiantou?

— Alguma coisa adiantou.

— É, pode ser... Desculpa, mas é que costumo fazer esses discursos pessimistas. Sempre falam isso de mim, que sou cética, banho de água fria. Eu sou um pouco dramática. O problema da Amazônia não é só econômico. É político, filosófico, moral. Querem explorá-la ou não? Se querem, como? Não da maneira como tem sido feito há séculos. Não nessa velocidade.

Eu estava seduzido pela imagem do seu corpo sem sutiã, quando ela parou de falar. Estava me olhando, e meus olhos na ausência de sutiã. Desviei para a janela. Um silêncio, longo demais, quando retomou:

— O geral você já deve saber: seringueiros expulsos por projetos agropecuários, mineradoras dividindo em lotes o subsolo...

Parou novamente. Dessa vez eu estava olhando para a cozinha.

— ... E o Exército com um plano maluco de ocupar a área: Projeto Calha Norte. Eu, particularmente, tenho estudado o

plano de ocupação feito na década de setenta. É a minha especialidade. O que você quer saber?
— Quer alguma coisa? Um chá? Café? Alguma bebida?
— Não, obrigada.
— Água?
— Não quero nada.
— Nada?
— É, nada.
Cruzou as pernas. Só então percebi que estava de botas, detalhe delicioso. Enquanto fingia que coçava a cabeça, passeei livremente pelas botas, pernas longas, peitos sem sutiã, ombros, braços finos, dedos...

Se você me der dessa água
Vou te dar a água da vida
Água que, uma vez bebida,
Sacia a sede para sempre.

Percebi que seus olhos passeavam em mim, sutilmente, disfarçados, como quem não quer nada, assim, marotos. Venham, olhos, venham...

Atire!

— Os militares, na ditadura, tinham fixação pela Amazônia. O verde da farda, o verde da floresta. O gigantismo, o selvagem. Acho que cada milico se projeta na força dos rios, os troncos enormes, fortes, fálicos. No governo, enterraram bilhões de dólares em estradas que não existem mais. Criaram as tais agrovilas ao longo dessas estradas, esperando que brasileiros se dispusessem a sair de suas cidades para habitar esse fim de mundo. Óbvio que não deu certo. Uma família do

Paraná chegava no meio da Transamazônica, davam-lhe terras e pronto, se vira. A maioria voltou. O governo partiu para algo mais pretensioso: lotearam grandes terras para grupos empresariais criarem gado. Por isso as queimadas que escandalizaram o mundo: precisavam de pastos. Você está prestando atenção?
— O que você quer ouvir?
— Não sei. O que sugere?
— Que tal este disco?
Música. Refrão:

"... *IF YOU WORRY, YOU MAKE IT DOUBLE, DON'T WORRY, BE HAPPY...*"

— No que, exatamente, você está interessado?
— Em tudo. Exploradores ingleses, portugueses. Espanhóis à procura do Eldorado. A Amazônia da borracha. A decadência. Zona Franca de Manaus...
— Tudo isso?!
Sentei-me ao seu lado. Ela se levantou e foi olhar a vista na janela: prédios, antenas e prédios.

"... *DON'T WORRY, BE HAPPY...*"

— Esta música foi o maior sucesso na Europa — ela disse. — O Brasil pegando fogo e eles cantando: "*Don't worry, be happy...*" É cômico.
Trocamos sorrisos.
— A cética de novo... Eu sou uma idiota mesmo: me preocupo demais. Todas as manhãs, leio os jornais e fico com vontade de pegar uma metralhadora e sair atirando. Tenho ódio de tanta burrice. Penso em resolver os problemas do mundo so-

zinha. Besteira... Eles é que estão certos: *be happy* e pronto. *Be happy!*
Apontou pra mim. No seu dedo, um anel de ouro reluziu: aliança na mão direita. Não é possível; ninguém mais fica "noiva"... Ela dançou um pouco, bem pouco, imperceptível, movimentos curtos, mas com ritmo.
— Você ficou bonito, sabia?
Parei de sorrir.

Atire a primeira pedra!

— Quando eu lia os seus artigos, me lembrava da sua carinha, do seu jeito. Está diferente agora. Mais...
— Velho.
— ... Mais maduro.
Não vou fazer absolutamente nada. Vamos falar da Amazônia, pois preciso escrever o tal artigo. Depois, poderemos tocar no passado-presente-futuro. Me contará que vai se casar, darei os parabéns e ela irá embora, sem deixar de me convidar para um jantar a três: eu, ela e seu futuro marido. *Be happy!*
— Achei muita graça quando chamou Antônio Levell de "o burguês sem projeto". Ele ficou uma fera.
— Conhece ele?
— Conheço.
Dançando:
— Vou me casar com o filho dele.
Parou de dançar.
— Parabéns.
— Obrigada.
— Eu conheço o filho dele.
— Não, não conhece.
— Conheço sim. Estudamos juntos.

— Você conhece Zaldo, o mais velho. Vou me casar com o mais novo. Não deve se lembrar. Ele é bem mais novo que nós. É um cara legal.
Nunca imaginei que alguém se referisse ao seu futuro marido como "um cara legal".
— Como é ser jornalista?
— Não é a aventura que todos pensam. Na maioria das vezes é um trabalho burocrático, apressado, feito nas coxas. Mas não sou a pessoa indicada pra falar disso.
— Por quê?
— Sou um desiludido que vive estressado...
— Mas eu gosto do seu estilo. É combativo.
— Só escrevo o que vejo, ou o que o patrão manda.
Desta vez ela não riu. Seu olhar mudara. Seu sorriso, idem: mais contido, fechado, uma porta.
— Você é um idealista. Isso é raro hoje em dia.
— É fora de moda.
— Nesse meio que frequentamos é que é fora de moda.
— Eu não frequento esse meio.
— Ah não, e o que você faz?
— Nada.
— Nada? — perguntou, maliciosa; ou então, imaginei que fosse maliciosa.
— É, nada.
Saiu da janela, deu uma volta pela sala com um dedo riscando uma linha na parede; o anel em destaque. Examinou os quadros, as plantas, até se aproximar. Ajoelhou-se na minha frente e apoiou os braços nas minhas pernas. Ficamos nos olhando; um só pensamento.
— Você não faz nada mesmo?
Maliciosa sim! Sorriu de outra maneira; vários tipos de sorrisos e olhares, charme, atriz, sedutora, enfim, mulher. Frente a frente, os braços nas minhas pernas, e um só pensamento.

— No que você está pensando?
Ela me torturava.
— Não sei — respondi.
— Como é que alguém não sabe no que está pensando?
— Você sabe?
— Sei.
— No quê?
— Adivinha.
— Não sei.
— Sabe sim.
Sei sim.
— Estou um pouco confuso.
— Só se fica confuso com dois pensamentos.
— Então penso.
— Tem de escolher um.
— É aí que fico confuso.
— Talvez, melhor não pensar.
Escorregou mais perto. Eu não tinha onde pôr os braços. Uma parede nas costas, uma Bia à frente. A não ser que eu colocasse ao seu redor, que foi o que fiz. Mais perto ainda. Rostos se aproximaram e dançaram um com o outro, até os narizes se encontrarem. Testa contra testa. Vi o meu rosto refletido nos seus olhos. Os rostos se inclinam. Um momento, segundo, relâmpago, beijo rápido, sem gosto, sem som, sem nada.
— Eu preciso ir embora.
Ela se levantou e, parada, como se tivesse perdido o rumo, ou como se fosse dizer alguma coisa mas se esqueceu, ou se perguntando o que estava fazendo, qualquer coisa do gênero quando dois pensamentos se confundem. Jogou-me outro sorriso, este, indecifrável:
— Me desculpa. Era uma visita rápida.
Pegou suas pastas e livros e ajeitou o cabelo e a roupa e abriu a porta e foi embora, sumiu. Não, não desculpo.

NO MOMENTO, NINGUÉM PODE TE ATENDER.
DEIXE O SEU NOME E RECADO DEPOIS DO BIP.
OBRIGADO.
BIIIIP.

— Gustav? Sou eu, Fred. Não pode imaginar o que me aconteceu... Não. Deixa pra lá. Não foi nada. Depois a gente se fala. Um abraço...

Pensei em ligar.
Mas qual o motivo?
Amazônia.
Amazônia?!
Essa é boa...

Greve dos táxis. A cidade num estado de guerra. Consegui um táxi com o compromisso de pagar o dobro do que estivesse marcado no taxímetro. Eu, um idealista, corrompendo um motorista fura-greve. Só queria chegar em casa o mais rápido possível. Na avenida Rebouças, parados num farol, foi tudo muito rápido. Cercaram o carro, abriram as portas, desligaram o taxímetro, enquanto outros furavam os pneus: piquete. Bate-boca, traidor-da-categoria!!, até alguém gritar comigo:
— Sai desse carro! Vamos pôr fogo nele!
— Eu estou trabalhando, não estou passeando de táxi!
— Sai!
Gasolina derramada sobre o capô. Um isqueiro aceso. Saí jogando palavrões a quem quisesse ouvir. Empurrões, motoristas furiosos, trânsito congestionado, buzinas. Uma porrada nas minhas costas. Fui atingido por um cara da polícia que distribuía cacetadas a quem estivesse na frente: Até quando? Voltei para casa a pé, ansioso por saber se o meu passaporte ainda tinha validade. Da guarita, o porteiro avisou:

— Tem uma moça te esperando há mais de uma hora.
Era ela, sentada num sofá, no *hall* de entrada do edifício.
— Oi.
— Tudo bem?
— Tudo.
— O que foi? Está doendo alguma coisa?
— Levei uma porrada nas costas.
— De quem?
— Da polícia.
— Que horror... O que aconteceu?
— Bobagem, já está passando. Faz tempo que você chegou?
— Não.
— Quer subir?
Por instantes, pensei que ia embora, visita rápida. Mas não, abriu a porta do elevador e me esperou entrar para vir atrás. No elevador, expliquei o motivo da porrada e ela sugeriu que fizesse um curativo: "Não é preciso." "Eu sou boa nisso." "Tudo bem, já que insiste." "Deixa eu ver..." Tirei o terno e levantei a camisa: "Nossa, está roxo. Foi forte..." "Está sangrando?" "Não. Mas é bom passar gelo."
No apartamento, ela foi direto pra cozinha, abriu o congelador e voltou com uma toalha e gelo. Tirei a gravata e a camisa e fiquei de costas. Ela passou. Choque térmico, arrepios.
— Está doendo?
— Um pouco.
Continuou passando, passando, passando... Parou.
— O que foi?
Silêncio. Me virei. Frente a frente. Olhos, num brilho que poucas vezes vi; como se quisessem se soltar e voar ao meu redor e me aprisionar num laço. Coração batendo forte. Será?...
Um beijo longo, aflito, antes que tudo acabe, antes que se mude de ideia, rápido, rápido! Nos arrastamos pelas paredes, beijos, agarros, beijos, como se as ogivas já estivessem a caminho,

viajando pelo espaço; os últimos segundos da Terra. Fomos caindo pelas paredes, até as pernas cederem, moles, chão, deitados, rolando sobre o tapete, répteis. Roupas arrancadas. Nos grudamos, trançamos pernas, braços e línguas. Começou a me lamber, me lamber por inteiro, vai, vai, vai! De repente parou. Sua respiração e a minha e nada mais. Fechei os olhos e imaginei que estivesse chorando, culpa! Vamos parar, escolher o pensamento certo e bênção, bye-bye. Mas não. Senti a sua boca no meu peito, descendo, descendo, até encostar no meu...

— Não...

E parou. Olhos fechados, ainda, respiração, agora sim, certamente culpa! Não falei, não fiz, é melhor levantar, se vestir; esquecer sua língua me descobrindo por inteiro. Seu corpo subiu, pesou, pernas abertas. Uma floresta e lábios se esfregando nas minhas pernas. Um líquido quente, óleo, colando-os. Ela, em cima de mim. Abri os olhos. Duas cortinas de cabelos escureceram o dia. Trouxe o seu rosto e, assim que seus seios encostaram no meu peito, ela gemeu, levantou um pouquinho e desceu-os. Voltamos a nos beijar. No chão, nus, corpos se curvando, suspiros, agarrei o seu quadril, apertei, abre, abre, abriu e um óleo, um caminho e, macio, entrou; estou.

E mais uma, outra, entre outro, entra, entra, entrou e foi!

Na cama, Bia, aquele sorriso; decifro o que quiser. Perguntou:

— No que você está pensando?

— Em nada.

— Você nunca pensa em nada?

— Nunca.

Rimos. Ríamos sempre, de tudo, quase tudo.

— Eu previ. Sabia que ia acontecer. Desde o dia em que te vi naquela festa — ela.
— Por isso me deu o número do seu telefone.
— E fui eu que tive que te ligar. Você não me ligou... E a Amazônia?
— E seu casamento? — devolvi.
— E se eu me apaixonar por você? — devolveu.
— Não faça isso, pelo amor de Deus!
Mais uma vez, me torturava.
— E se eu me apaixonar por você? — perguntei.
— Faça isso. E depois me telefona.

— *De onde falam?*
— *Quer falar com quem?*
A voz de um homem.
— *Quem está falando?*
— *Quer falar com quem?*
— *Bia está?*
— *Não. Ela saiu. Quem quer falar com ela?*
— *Um amigo.*
— *E o amigo não quer deixar recado?*
Irônico.
— *Não.*
— *O amigo não tem nome?*
Desliguei.

— *Alô?*
— *Fred? Sou eu, Gustav.*
— *E aí?*
— *Tudo bem?*
— *Tudo.*
— *O que foi?*

— *O que foi o quê?*
— *Me deixou um recado enigmático na secretária. O que foi?*
— *Nada.*
— *Como nada?! Parecia nervoso.*
— *Bobagem.*

— Não, o que está fazendo?... Para!...
Eu não aguento, para!...
Não, aí não...
Por favor, não faz isso...
Ai...
Aí eu não aguento...
Uhm...

— Um dia eu acordei e senti o seu cheiro. Me deu uma saudade...
— Cheiro do quê?
— Não sei explicar. Sinto o seu cheiro até no meu carro.
— E como você sabe que é o meu cheiro?
Ela cheirou o meu pescoço.
— Assim.
Cheirou o meu braço.
— Assim.
Cheirou a barriga.
— Assim.
...
— Ah, não, de novo não...

> Estava passando por aqui. Vi o seu carro. Enquanto vou pra casa, ao léu, leve, leve, você está aí, numa sala de aula, concentrada, o peso do conhecimento. Que prédio horrível! Pensei em invadir a sua sala, como um bedel. Falaria o seu

> nome alto, sério, ordenando que você comparecesse à secretaria, urgente. Assim que você saísse da sala eu me atracaria com você no corredor e faria você me morder todo, ali mesmo (você adora me morder).

— Já disse que não.
— Como não? Eu coloquei no para-brisa.
— Eu não fui de carro ontem.
— Eu vi seu carro lá.
— Não era o meu.
— A chapa não é NY, alguma coisa?
— NY?!
— Você me disse, NY, de New York.
— Eu te disse NI, de Nova Iorque.
— Merda.
— O que foi?
— Nada.
— Fala!
— Coloquei o bilhete num NY, New York.
Riu de mim.
— Alguém deve estar se mordendo para saber quem gosta de mordidas no corredor...

> Agora sim, Nova Iorque, sempre no meu caminho; ou será que eu me desvio pra te cruzar? Para de estudar! Está fazendo uma tarde linda. Quando você sair desse prédio horrível, me liga. Alô, alô. Descobri uma sorveteria fantástica nos arredores. Me liga, *please*...

— O que está acontecendo?

— É sexo, puro sexo.
— Eu vou me casar.
— Sexo pra quem vai se casar.
— Daqui a um mês!...
— Sexo pra quem vai se casar daqui a um mês...
— Fala sério!
— Qual é a sua?! Sabe quanto tempo demorei pra descobrir esse lugar?!
Pausa.
— Fred?...
— O que foi?
— Eu não me apaixonei.
— Claro que não.
— Você não se apaixonou.
— De jeito nenhum. É puro sexo.
E o sorvete derreteu.

— E a Amazônia?
— Deixa pra depois.

Puro sexo.
— Para!...
Agora não...
Você é louca, está todo mundo olhando!...
Para!...
Está surda?!...
Ai, meu Deus...
Tudo bem, mas vai rápido...

— Você vai.
— Não!

— Vai sim!
— Não sei. Não gosto de festas.
— É o meu casamento!
— Não sei.
— Promete.
Preciso aprender a dizer não.
— Não.
— Promete.
— Está bem.
— Você vai ver, vai ser uma festa e tanto. Sabe como vou chegar?... Surpresa.

— Fred?
Silêncio.
— Fred? Está dormindo?
— Estou.
— No que você está pensando?
— Nada.
— Motivos?
— Uhm, uhm...
— Não tem motivos. Foi uma bala perdida, um acidente; essas coisas acontecem a qualquer um. Eu te vi naquela festa e fui certeira, cega. Sei lá, ninguém iria acreditar, mas aconteceu. Eu gosto dele. Se não gostasse, não estaria me casando. O difícil é explicar que o pau dele não é o melhor desta cidade. Falar isso para um homem é condená-lo à guilhotina. Vocês acham que o pau de vocês é o mais bonito, o maior, o mais gostoso: "O meu pau, o meu pau, o meu pau..." São dois. O que eu faço? Quer casar comigo também? Moramos os três na mesma casa. Vocês me repartem. Me usam como quiserem. Enquanto ainda tiver sol, serei escrava, mãe, cozinheira,

avó. Posso até trabalhar pra sustentá-los. Mas à noite, aí sim, vamos rezar todas as noites para sermos imortais. Sabe, eu... (fala de si) Ouviu, Fred?
Pausa.
— Fred, está dormindo?...

Che cosa facciamo?
Niente. Niente.

— Acorda, Bia.
— O que foi?
— Acorda.
— Não.
— Só um pouco.
— Não.
— Sabe...
Ela dormiu.

— Eu odeio essas pessoas! — ela.
— Calma, é só uma fila — eu.
— Eu odeio filas, odeio pessoas em fila, odeio tudo cheio, sempre filas! Odeio São Paulo!
— Não fala assim.
— Vamos embora daqui, Fred. Vamos embora do Brasil. Eu soube que Portugal é lindo e não tem filas.
— Olha, já abriram as portas. Estão entrando.
Alguém me cumprimentou de longe.
— Quem é?
— Uma amiga.
— Amiga? Que amiga?
— Uma amiga.
— E por que a amiga não me deu tchauzinho?

— Porque ela é minha amiga, não sua.
— Amiga... Odeio essas amiguinhas.
Pausa.
— Por que ela está sorrindo?
— Como é que eu vou saber?
Pausa.
— Manda ela parar de rir!
— Onde estão os ingressos?
— Vamos embora daqui.
— Agora não.
— Eu quero ir embora.
— Calma, vai caber todo mundo.
— Eu estou passando mal.
— É só uma amiga.
— Vamos embora!
— Saco!

— Não...
— É devagar...
— Não...
— Assim é melhor?...
— Não...
— E assim?...
— Uhm...
— Dói?...
— Uhm...
— Uhm...
— Vai...
— Bom?...
— É...
— Uhm...
— Uhm...

Agora sou eu que sinto o seu cheiro em todo lugar, todo o tempo, seu cheiro. Uma música, lembro-me de você. Na tela do computador, você. Ando à toa, o último telefonema, vou ligar de novo, mas acabamos de nos falar. Não posso invadir a sua sala de aula, nem ligar pra sua casa, te acordar às duas da manhã e ficar suspirando bobagens pelo telefone. Ontem eu bebi. Nunca bebo. Ontem fiquei completamente bêbado. Queria que você estivesse comigo. Acho que toda vez que eu beber, vou escalar a sua janela e te raptar. Adoro você. Estou bêbado ainda, desde ontem, apaixonado. Você ri das minhas piadas. Me liga quando sair.

— *Eu vou praí.*
— *Não.*
— *Porra, Fred, eu vou praí!*
— *Não.*
— *O que foi? Tem alguém aí?!*
— *Claro que não!*
— *Quem é?*
— *Não tem ninguém aqui.*
— *Tudo bem. Pode falar. É normal, eu entendo.*
— *Que besteira.*
— *Eu conheço? É aquela amiguinha?*
— *Não tem ninguém aqui.*
— *Ela já parou de rir?*
— *Quer parar com isso?! Não tem ninguém aqui, está surda?!*
— *Então vem pra cá.*

— Claro que não.
— Pode vir, aqui não tem ninguém.
— Você se casa daqui a dois dias.
— Todo mundo só fala nessa merda de casamento! E eu aqui, sozinha. Não aguento mais! Dois meses preparando essa festa, e agora fico sozinha. Você se apaixonou.
— Não.
— Você escreveu. Você se apaixonou!
— E muda alguma coisa?
— Muda.
— O que muda é a sua aliança que vai trocar de mão.
— Não fala assim!!
— Não grita!
— Não vê que eu me apaixonei, Fred...
— E o que você quer que eu faça?
— Me tira daqui. Sei lá, xinga, esbraveja, dá porrada.
— Eu não sou assim.
— Eu sei. E é uma pena.

Bateu o telefone.
— Eu quero trepar com você.
— Ficou louca?!
— Querer trepar com você é ficar louca?!
— É.
— Então amanhã.
— Amanhã você se casa.
— Foda-se! Deixa eu ir praí...
— Não.
— Por favor...
— Não.
Desliguei.
Merda! Caralho! Vai todo mundo tomar no cu!

NO MOMENTO, NINGUÉM PODE TE ATENDER.
DEIXE O SEU NOME E RECADO DEPOIS DO BIP.
OBRIGADO.
BIIIIP.

— *Gustav? Sou eu. Me dá uma carona até o casamento? Eu não tenho como ir. Preciso te contar uma história. Chega mais cedo.*

— Gostou da minha entrada? Você foi logo a primeira pessoa que vi. Não é incrível?

— É tão difícil nos dias de hoje ver uma cena como essa... O que você é da noiva?

— Amigo.

— Eu nem me casei e já estou cheia!!

Dançaram agarrados, apaixonados. Ela encostou a cabeça no ombro dele, que falava coisas suaves no ouvido dela, e uma luz forte, por trás, transformou seus corpos numa nuvem desfocada, eclipse: o sol coberto pelo encontro de um planeta e sua lua, um esbarrão rápido, coito. Beijam-se, imaginando que pudessem viver por todo o tempo como um só. Mas têm suas órbitas já desenhadas e devem cumpri-las.

[ ] [ ] [ ] [ ] [ ]
[ ] [ ] [ ] [ ] [ ]
A porta se abriu. Era Bia. Entrou no banheiro.
— Estava te procurando.
Encostou-me na parede.
— Estou morrendo de vontade.

Grudou-se em mim.
— Não penso em outra coisa.
Aproximou o rosto e encostou a boca na minha. Fechei os olhos e senti sua língua procurar a minha e a mão entrar na minha calça. Soltei e dei dois passos para trás.
— O que foi?
No espelho, duas imagens. Um sujeito pálido, com olheiras, e uma mulher bronzeada, sorrindo, vestida de noiva.
[ ] [ ] [ ] [ ] [ ]
[ ] [ ] [ ] [ ] [ ]
A porta. Entrou o noivo:
— Estava te procurando!
Estavam todos se procurando. Ela continuou de costas pra ele, sem tirar os olhos de mim, a dois passos de distância; uma imensidão para nós. Ela, com ódio de mim. De quem é a culpa? Alguém, o veredicto!
— Não procurou direito. Se procurasse, me encontrava.
— Por que a irritação? — o noivo, ainda na porta.
Ela não tirava os olhos de mim.
— Não estou irritada.
— Está sim.
— Se você continuar, aí é que vou ficar irritada.
— Vem, vamos. Tem pessoas que vieram pra nos ver.
— Já viram o suficiente.
— Quer voltar? Isto é um casamento!
Agora sim, olhou pra ele:
— Eu sei disso. Volta pro seu casamento!
— É seu também!
— Me deixa em paz!
— Como me deixa em paz?! Com quem você pensa que está falando?!
— Desculpa, a festa é sua, você é o noivinho, o homenageado... — irônica.

— Me respeita!
— Não vê que estou ocupada!!
Eu não tinha pra onde ir, o que dizer, o que pensar. Bom senso. Disciplina. Educação. Razão, razão. Tinha de estar ali, no vértice, no interminável vazio e silêncio daquele espelho. O noivo me examinou, examinou Bia e deu as costas. Foi-se.
[ ] [ ] [ ] [ ] [ ]
[ ] [ ] [ ] [ ] [ ]

Agora.
Duas da manhã.
Talvez três.
A quem interesse.
Depois, serão quatro, cinco.
Não vai mudar nada.
E amanhã, e depois, e outro dia...
Seu avião vai estar taxiando na pista, já, já. Os comissários mostrando as saídas de emergência, os salva-vidas, apertem os cintos, essa porra toda. Ao seu lado, o homenageado, noivinho, marido. Paris. Neste exato momento, você não está pensando em mim. Garanto que o seu sorriso é o maior de todos, imaginando dias inimagináveis na cidade-luz, Paris.

Lúcido, lúcido, lúcido, lúcido, lembrar sempre disso. É preciso.

Aqui, a vizinhança já se apagou. Covardes que se escondem e me deixam como última testemunha. Chicotes e raios, luzes, relâmpagos, trovões: vai chover e um raio poderia vir direto e rachar a minha cabeça em dois. Quando é que você vai voltar? E se voltar, *che cosa facciamo*?

Lúcido, lúcido, lúcido, lúcido, lembrar sempre disso. É preciso.

Eu quero você, agora! Uma mulher impossível, situação sem volta, e eu, uma dor, saudades... Aqueles muitos sorrisos, o jeito de se encostar no meu ombro, como quem diz "Estou cansada e você é o meu conforto". Nossas bocas se grudam e se debatem, bichos desesperados querendo se comer, como se fosse possível um homem entrar numa mulher. Você deveria estar aqui e me ver andar sem sentido neste apartamento oco-vazio-quieto-demais. Deveria me ver olhando no espelho sorrindo pra você. Me mordeu a bochecha: achei que era hora de me morder o quanto quisesse. Como posso ficar com raiva de você não me ligar, do seu carro não estar em frente à faculdade, me esperando para uma conversa, menino de recados, NI-pombo-correio. O sorvete que derreteu. Foi tudo tão rápido. Já acabou? Já passou? Mas nem começou?! Não! Amanhã morreu! Um disco:

"SE ALGUÉM QUER MATAR-ME DE AMOR,
QUE ME MATE."

A falência. Meu pai saindo do tribunal, cabeça baixa, algemado, escândalo! O maníaco-depressivo. Doping, solvência-dissolução. Eu te dei de presente. Fica aqui, comigo, dormir abraçados e não acordar nunca, fazer nada, nunca.

"NOCORAÇÃODOBRASIL."

E você acabou de se casar...

"NOCORAÇÃODOBRASIL."
"NOCORAÇÃODOBRASIL."
"NOCORAÇÃODOBRASIL."

E se eu interrompesse a cerimônia e te arrastasse para o céu?

"NOCORAÇÃODOBRASIL."

O tempo que não passa, disco riscado e chove forte, cada vez mais, raios, trovões. Quando o seu carro se esquecerá do meu cheiro? Quanto tempo dura um arrependimento? Andei por todo o apartamento como se as paredes fossem você. Te abracei, te beijei e trepamos na sala e:

"DON'T WORRY, BE HAPPY..."

Por tudo neste mundo, preciso te esquecer!
Sirenes passando.
Dormir.

[ ] [ ] [ ] [ ] [ ]
[ ] [ ] [ ] [ ] [ ]
A porta. Entrou o noivo:
— Estava te procurando!
— Não procurou direito.
— Por que a irritação?
— Não estou irritada.
— Vem. Tem pessoas que vieram aqui pra nos ver.
— Já viram o suficiente.
— Quer voltar? Isto é um casamento!
— Não vê que estou ocupada!!
O noivo me examinou, examinou Bia e deu as costas. Foi-se, batendo a porta:
[ ] [ ] [ ] [ ] [ ]
[ ] [ ] [ ] [ ] [ ]

— Por que você fez isso? Estragou a minha festa!
— A sua festa já começou podre!
— É o meu casamento.
— Foda-se!
— Não fala assim!
— O que você queria que eu fizesse?!
— Como é que vou saber?! — gritou.
— Eu não entendo você.
— O quê?!
— Eu não entendo você!!
— Depois de tudo aquilo?... É simples. Eu sou assim. Eu me apaixono. Deixa eu me apaixonar!... Todos tínhamos um pacto, um segredo lindo, encantado... — ela engasgou. — É só uma festa...
— É um casamento.
Gotas, pingos, vazio: A morte talvez fosse parecida com aquilo: um espelho vazio.
— Eu estava tão feliz... — Bia.
— Mas eu não.
— Claro que estava.
— Eu odeio este lugar.
— Então por que veio?! O que está fazendo aqui?! Vai embora! Some daqui! Fora!!
Começou a chorar, a metros de distância. Esperei que aquele espelho desse respostas. Mas o silêncio foi rei. Ela parou, abriu a torneira, limpou o rosto, os olhos, se enxugou com o véu e ficou me olhando através do espelho. Tirou a aliança do dedo com raiva.
— É isso o que você quer?!
Levantou a aliança.
— Quer me comprar? Ser o dono, o único dono? Quer me pendurar na parede e ser o único a me ver?

— Não sei.
— Está confuso de novo?
— E você, não está?
— Não!
E jogou o anel no ralo:
— E agora? O que você faz?
Não consegui pensar em nada. Ela pediu:
— Fica comigo...
Esse era o jogo. Era ela. Era eu:
— Você é doente...
Decidi ir embora.
Sumir.
[ ] [ ] [ ] [ ] [ ]
[ ] [ ] [ ] [ ] [ ]
Saí do banheiro.
Saí do salão.
Saí da montanha.
Saí da sua vida.
Um raio bem perto.
Não consigo dormir.
Sirenes passando. Um caminhão de bombeiro, e mais outro e um terceiro. Incêndio na redondeza. Com essa chuva?! Dou a minha vida pra te esquecer! O Brasil pega fogo, e a dor de todo esse, sempre, a dor que nunca se esquece.
Me levantei da cama e olhei pela janela: labaredas ao longe; um edifício na Paulista em chamas. E a chuva não apaga. Vesti a roupa do casamento, peguei minha carteira e saí.

Agora? Quatro? Cinco?
Porteiros na rua, alguns curiosos, assistiam ao incêndio de longe; ninguém chegaria perto. Caminhei no sentido oposto, com a calçada explodindo em águas, lixo se espalhando, terra

de alguma construção, carros boiando. Gatos assustados pulavam muros; sexo, puro sexo.
Cheguei à rua Augusta e fui descendo em direção ao centro, até finalmente encontrá-las: as garotas de minissaia. Estão sempre lá, pro que der e vier, e estou sempre passando e todos os dias as vejo e hoje vou parar e parei. Me esperavam debaixo de um toldo, protegendo-se da chuva. Adolescentes ainda, riam de mim. Agora não.
Entrei no bar em frente. Cheiro de formicida. Duas doses. Um carro da polícia, voando. Um otário falando sem parar. Um bêbado foi ao chão e bebi mais duas. Uma mulher vesga, muito magra, olheiras gigantes, pediu uma *Diet Pepsi.* Abriu a lata e a espuma entornou; espuma sobre fórmica. Ela pegou o açucareiro e colocou uma, duas, três, quatro colheres de açúcar. Espuma *escorrendo.* Riu e foi colocando mais e mais colheres de açúcar. Alguém tentando me vender o jornal de amanhã. Outro alguém puxando conversa. Fiquei tonto. Bêbado. Homens tolos se empolgam a cada palavra. Quais? Paguei a conta e voltei pra rua.
Faça chuva ou sol, um homem caça solitário numa rua Augusta exalando pecado. Ainda estavam lá, ainda rindo de mim. Eu não sei, nunca fiz. O que falar? Quais são os códigos? Quer sair? Quer fazer?
— O cara ensopado...
— Parece um sabão...
E chovia e riam e era pecado e eram elas e eu queria, mas como?
— Sai dessa chuva.
Saí e falamos de negócio.
— Uma quina e o hotel por sua conta.
Ela é muito nova ainda.
— Que hotel?

Apontou pruma fachada qualquer. Um carro passou nos xingando. Elas xingam de volta. Tantas palavras: é sim, é não, é depende.

— Com qual vai querer?

— Com você.

Despediu-se das colegas, me deu o braço e atravessamos a rua correndo, até cairmos no *hall* do hotel. Ela negociou o quarto. Paguei. Deram-me a chave. Subimos por uma escada estreita. Nos contorcemos para que outro casal pudesse descer. Elas se deram um "oi". Acabei dando um "oi" para o sujeito; cúmplices.

No quarto, da janela, parou de chover e ela perguntando:

— E então?

Claro, e então. Vi tirar a roupa, o pó da cama e deitar-se.

— Você não tem um cigarro? — pedi.

— Não fumo.

— Será que tem uma bebida por aqui?

Procurei por um frigobar, algo do tipo. Olhei dentro dos armários. Nada.

— Você quer que eu tire a sua roupa?

— Quero.

Ela se levantou, chegou bem perto e passou a mão na minha testa para enxugá-la. Desafrouxei o nó da gravata, enquanto ela desabotoava a minha camisa, calça. Nenhum acanhamento; por que teria? Enfiou as duas mãos por debaixo da camisa e, num movimento só, ágil-ágil, tirou toda a minha roupa. Sorriu orgulhosa da habilidade. Eu ainda lutava contra a gravata que, claro, enganchou. Desisti:

— Vai de gravata mesmo.

— Sua roupa está bem molhada.

— Da chuva.

— E como chove!

— Faz tempo que não chovia.
— Eu odeio chuva!
— Por quê?
— Odeio chuva, odeio frio, odeio um monte de coisas! Odeio esta cidade!
— Não é tão ruim assim.
— É pior.
— Isso porque você não conhece outros lugares.
— Isso porque você não leva a vida que levo.
E riu.
— Como é que é? Vem!
— O mundo não vai acabar amanhã.
— Vai sim.
Não, não vai. Um corpo frágil demais. Uma escolha errada. Um dia errado. Não era bem isso. Não era nada.
— O que foi? — perguntou.
— É melhor você se vestir e ir embora.
— Ah, não, depois de todo esse trabalho...
— Eu pago.
— Ah, meu saco...
Levantou-se e foi se vestindo.
— Segunda vez hoje. Qual é o problema?!
— Você é muito nova ainda.
— E isso não é bom?
— É. Quer dizer... Não sei.
— "Nova, mas gulosa."
— Eu estou um pouco bêbado.
— E eu com pressa. Sempre escolho errado. Como posso adivinhar? Vocês têm tudo a mesma cara. Com uns dá certo. Outros não. Se eu pudesse prever o futuro...
Acabou de se vestir e estendeu a mão.
— Espera. Mudei de ideia.

— Você é muito confuso, hein?...
Dois num dia.
— Hoje não é meu dia... Vou cobrar taxa extra pelo *strip*.
Tirou tudo de novo e voltou pra cama.
— Vem, antes que mude de ideia.
Acabei me deitando.
— Quer que eu faça alguma coisa especial?
Não sei. Não tinha pensado nisso. Que opções tenho? Um desenho novo, opaco, quase sem formas e o pincel na dúvida: que cor, por onde começar? Deixar...
— Me lambe. Me lambe por inteiro...

UM GRANDE INCÊNDIO ONTEM NA PAULISTA. MORTES E VÍTIMAS AINDA NÃO CONTABILIZADAS. ESTÁ COMO ELE GOSTA...

Moscas voando. O sol na cara e a cabeça grudada na cama; um prego enfiado. Se me movesse, meu fim: ressaca. Onde--estou-por-que-e-como? Claro, hotel-naftalina, moscas voando e o rádio do vizinho apitando:

DEPOIS DA CHUVA, O CALOR VOLTA A SÃO PAULO.

Fiquei um bom tempo de olhos abertos e nenhum pensamento; uma gravata no pescoço. O teto rachado, uma infiltração de água na parede e uma pintura de Jesus Cristo. Insetos mortos no lustre. Como sempre, estou suado e muito. Olhos e cabeça e garganta doem; o que não dói? A Bíblia no criado--mudo:

Se a luz que tens em ti são trevas
Como não serão as próprias trevas?

Tudo acabou, mortos e feridos, um dia normal, eu, a cidade e o meu tempo. Lavei o rosto numa pia e só depois percebi que não havia toalhas. Uma barba por fazer, um gosto amargo na boca e uma premonição: minha roupa, no chão, ainda molhada. Procurei nos bolsos e não a encontrei. Levara a minha carteira. Eu não vou gritar! Eu, a cidade e o meu tempo! Dinheiro, carteira de identidade, agenda telefônica... Estou a zero. Não totalmente: enfiei a Bíblia no bolso.

FOI PRESO ONTEM, EM SÃO PAULO, O MANÍACO DO GRAFITE, CRIMINOSO QUE ESTUPRAVA E MATAVA AS SUAS VÍTIMAS, RISCANDO JESUS VEM AÍ COM UMA GILETE NAS COSTAS DO CADÁVER.

Na porta do hotel, uma mão segurou o meu ombro:
— Aonde vai?
Era um homem-barril, com cara de não-muitos-amigos:
— E o resto?
— Que resto?
— Você entrou às cinco. Agora são dez.
— Eu paguei ontem.
— Pagou uma hora. Aqui é por hora. Vai me engabelar? Falta... entrou às cinco, falta pagar cinco horas.
— Quatro. Ontem paguei uma.
— Não me confunda.
Pensou.
— Falta pagar quatro.
No bolso, uma Bíblia e zero. Ele estendeu a mão, esperando a sua parte. Não pensei. Dei um pulo e corri.
— Ei!
Atravessei a rua Augusta e fui descendo, aproveitando o embalo-ladeira. Ele ficou na porta, sem saber se entrava, se gritava ou se vinha atrás. Gritou:
— PEGA!
Um táxi livre. Entrei e bati a porta.
— Vamos rápido, por favor!
O motorista, furioso; greve?!
— Não sabe ler?
Apontou pro aviso: NÃO BATA A PORTA.

— Me desculpa.
— Abra e feche de novo.
— O quê?
— Abra e feche novamente a porta.
Obedeci com toda a delicadeza.
— Temos que educar quem precisa...
Olhei pra trás e percebi que o homem-barril iniciava a sua jornada, na minha direção, apontando-me aos berros:
— PEGA!

UMA NOTÍCIA BOA E UMA RUIM: A BOA? NÃO HÁ RUIM.

Com toda a calma, o motorista ligou o carro e partimos. O imenso se afastando, no meio da Augusta, com os braços levantados e xingando Deus.
— Dá pra desligar o rádio, por favor?
Não atendeu. Mediu-me de cima a baixo e dirigiu com a paz do domingo.
— Pra onde?
Dei o meu endereço.

ONTEM, NA CIDADE, FESTA NA CORTE. ORÇADO EM QUASE UM MILHÃO DE DÓLARES, O CASAMENTO DO FILHO DO EMPRESÁRIO ANTÔNIO LEVELL REUNIU CERCA DE...

Desligou o rádio.
— Dá pra ligar novamente?
— Não, não dá.
Não deu. Tudo bem: eu, o domingo, o calor, um imenso homem-barril xingando, e um motorista sem entendimentos. Com bom humor, São Paulo parece uma cidade; nova e gulosa.

Assim que chegamos, desci e pedi para esperar um pouco. Desligou o carro e fez aquela cara que todo motorista de táxi faz quando você pede para esperar um pouco. Na porta do apartamento, descobri que havia perdido a chave. Fiquei alguns segundos parado, atônito, calculando se com a minha raiva conseguiria atravessar aquela porta. Voltei para o táxi. Olhou-me com a cara que todo motorista faz quando você volta para o carro.

— E agora?

E agora?

— Vamos pro Jardim América.

Meu pai. Seria bom vê-lo. Fora de forma, tudo bem, mas ele iria gostar. Vivia numa mansão semiabandonada, na região nobre dos Jardins, que, olhando de fora, não se imaginava que ali pudesse morar alguém: a grama alta, pátina nos muros, paredes; implorando por uma pintura, janelas que não fechavam, e gatos, uma quantidade enorme de gatos em toda parte. A casa, única coisa que restou de uma grande fortuna-massa-falida, foi apelidada pelos vizinhos de "fábrica de gatos". Móveis, tapetes, quadros estavam do mesmo jeito que quando minha mãe foi embora: como se arrumados para ela voltar. Ela nunca voltou, nem para uma visita. Junto ao meu pai vivia uma enfermeira, babá, secretária, não sei como defini-la, sempre alerta. Cuidava dos seus medicamentos, da sua aparência, da sua vida. Era o cérebro da casa e, por que não dizer, do meu pai. Vivia numa edícula, subserviente, atendia aos chamados através de uma campainha que era ouvida em todo o Jardim América. Ela adorava o meu pai: o filho que nunca teve. Às noites, ninava a criança dócil, carente, que só dormia à base de tranquilizantes, quando dormia. Nos ataques, era a primeira a ligar para o médico. Presenciei alguns desses ataques. Poucos eram violentos. A maioria, silenciosos, depreciativos, angústia, embrulho, um sofrimento empacado; o mundo sem saídas, a falta de vontade, e o corpo curvando--se, curvando-se, até quase rolar.

Eu ainda morava com ele, há muito tempo, quando ficou seis meses sem sair do quarto; janela fechada e a luz apagada. Nas poucas vezes que entrei, vi os seus olhos fixos em algum ponto do teto. A luz do corredor quase o cegava. Ele pedia: "Fecha, fecha..." como se eu tivesse interrompido um pensamento longo, complexo, fundamental. Creio que nesses seis meses ele só teve um pensamento, uma linha. O mundo perturbava a sua concentração. Dou a minha vida para saber qual era o pensamento. Sei que a algum lugar ele chegou. Lembro-me bem do dia em que saiu do quarto. Eu tomava o café da manhã. Ele apareceu, como se nada tivesse acontecido, abriu o jornal e começou a ler. Depois, perguntou-me: "Quais são as novas?"

Para a maioria dos maníaco-depressivos, a figura de um mito, herói, é sempre exaltada como o exemplo a ser seguido. Já soube de casos de PMD cujo ideal era Jesus Cristo. Outros, Lennon, Guevara, Tolstói, Hitler, pais, mães, irmãos. Meu pai tinha um exemplo, talvez um delírio, catalisador para a sua depressão: Antônio Levell.

— Por favor. Vire a próxima à esquerda.

— Pensei que tinha dito Jardim América.

— Mudei de ideia.

— Pra onde, agora?

— Itaim.

Não era hora de visitar o meu pai; minha boa-ação-do-dia. Eu seria bem recebido. Tinha dúvidas se eu o receberia bem. Indiquei ao motorista o caminho da casa da minha mãe; uma cobertura de frente pra marginal Pinheiros. Era cedo ainda, e eu sabia que teria problemas: minha mãe não gosta de filhos que aparecem sem avisar.

Desci do táxi, pedi para esperar e interfonei. Demoraram pra atender. A voz de um homem sonado. Chamou a minha mãe ao interfone.

— *Posso subir? Só um instante. Eu preciso de dinheiro.*

— *A essa hora?*

— *Perdi minha carteira. Tem um táxi aqui me esperando.*

— *Não sobe.*

— *É rápido.*

— *Não. Fica aí. Espera um instante que eu desço.*

Demorou alguns minutos e apareceu na guarita, de robe, com o cabelo avacalhado, uma aparência de sono, péssima:

— Nossa, meu filho, que aparência horrível. O que aconteceu? Você está bem? Quer subir um pouco, tomar um café? Toma um banho, muda de roupa...

— Estou com pressa. Tem dinheiro?

— Toma este cheque. Troca em alguma padaria. Não vai perdê-lo. Domingo de manhã, meu filho, não é hora de...

— Desculpe, foi uma emergência.

— Emergência? O que aconteceu? Você está me deixando preocupada.

— Não é nada.

— Foi roubado?

— Não, perdi a carteira. Beijos.

Peguei o cheque e fui saindo.

— Tem certeza que está bem? Não quer subir um pouco? Devia cuidar melhor da sua aparência. Não cai bem prum jornalista. Vem nos visitar mais vezes. Mas avisa antes. E não domingo de manhã, pombas!

Entrei no carro. Silêncio. O motorista, cheio. Mas o taxímetro, mais vivo do que nunca.

— Vamos para o *Brasil-Extra.*

— Você é jornalista, é?

— Não. Sou uma notícia.
Ele riu. Começávamos a nos entender.
— Eu também. Minha vida dá um livro. E você é um bom personagem. Aquela mulher despenteada também.
— Era a minha mãe.
— Desculpe.

Finalmente, Largo do Arouche. Estávamos a duas quadras da redação do jornal e uma fileira de barracas, gente e música nos alto-falantes pelo caminho; vivíamos em São Paulo o quadriênio da "Administração Popular", eleição vencida pela coligação da esquerda. O motorista:
— O que tanto comemoram? Esta merda toda?!
Peguei emprestada a sua caneta, preenchi o cheque e fui saindo, quando ele segurou a minha mão:
— Falta assinar.
Minha mãe não assinara. Por instantes, pensei que tivesse sido proposital. Mas era domingo de manhã; deve-se perdoar tudo e todos num domingo cedo.
— Dá pra esperar um instante?
Desligou o carro.
— Não, não dá. Não nasci pra esperar.
— Tenho que arrumar um dinheiro. Eu trabalho logo ali.
— Daqui ninguém sai.
Um impasse, com a "merda toda" ao redor.
— Seja razoável.
— Estou sendo.
Continuamos parados, sem sermos razoáveis. Pensei em todas as possibilidades. No bolso, uma Bíblia. Mostrei-lhe o meu relógio. Elas por elas, negociamos.
Enfim, livre, e sem o relógio, caminhei por entre barraquinhas de salgado-e-doce, vasos ornamentais, livros usados, roupas

usadas, pôsteres e, lógico, artesanato. Um violonista tocando músicas dos Beatles tentava competir com os alto-falantes.

ATENÇÃO, PAIS DO GAROTINHO FRED. SEU FILHO ESTÁ NA BARRACA DE SOM, AGUARDANDO VOCÊS...

Mais um Fred perdido... Um cospe-fogo, um palhaço numa monocicleta, a prefeita da cidade, bem animada, conversando com um grupo popular desanimado.

AGORA, NO PALCO, OS SUPERAMIGOS, NOSSOS HERÓIS. PALMAS PARA ELES...

No palco, uma garota fantasiada de SHE-HA apareceu de mãos dadas com um loiro-artificial, HE-MAN. Aplausos. Foram direto para o microfone. SHE-HA agradeceu:

OBRIGADA, OBRIGADA. QUERIA MANDAR UM BEIJO PARA O MEU IRMÃO, QUE ESTÁ NOS ASSISTINDO E QUE ME DEU ESTA ROUPA MARAVILHOSA. ALEGRIA, O NOME DO CIRCO É FELICIDADE, VIVA SÃO PAULOOOOO!

Vivas!

QUERÍAMOS APRESENTAR AGORA, DIRETAMENTE DO CIRCO DE MOSCOU, ELE, O MÁGICO SERBELLONIIIII.

Música de mágica. Ele entrou a caráter e começou o seu truque. Não era um palco apropriado, pois, de onde eu estava, podia ver as suas mãos ágeis tirarem bolas de trás do colete, esconderem cartas nas mangas e pombas presas em fundos falsos. Nossos olhos se cruzavam, e ele se decepcionava a cada truque, quando percebia que eu o havia surpreendido.

PALMAS PARA O MÁGICO SERBELLONIIIII...

Palmas. Comecei a ficar tonto; ressaca e fome. Apoiei-me no palco e respirei fundo.

E AGORA, A GRANDE ATRAÇÃO DO DIA. UMA HOMENAGEM À ECOLOGIA. PRECISAMOS PRESERVAR A ECOLOGIA, NÃO ÉÉÉÉÉ? DIRETAMENTE DA SUA TRIBO, O ÍNDIO TIBIRIÇÁÁÁÁÁ.

Música de índio. Ele apareceu dançando com uma borduna na mão. Assustava as crianças imitando bichos da selva. Cabelos longos, tanga, o corpo pintado, colares e penas, e aqueles braços e pernas grossas da maioria dos índios brasileiros. Parou no meio do palco e me viu. Olhos amarelos! Como em câmara lenta, enfiou uma vareta na boca, deu-me uma piscada e cuspiu fogo na minha direção. Apontou para mim e riu. Virei as costas e fui embora. Era um sinal. O sinal!

PALMAS PRA ELE...

— Um momento, por favor! — o segurança do *Brasil-Extra*.
— Pra onde vai?
— Pra redação.
Há anos que eu trabalho aqui, há anos que ele me barra!
— O crachá?
— Esqueci em casa.
— Tem documentos?
— Pode deixar ele passar. Ele trabalha aqui...
Fui reconhecido por um outro segurança. Espetaram-me um crachá de "visitante" e me deram a lição de moral:
— Faz plantão hoje?

— Faço.
— Não deveria deixar você entrar. Não pode esquecer o crachá. Só entra quem tem crachá. São as normas...
Subi para a redação, onde alguns "escalados" já estavam engajados na impossível tarefa de transformar um acontecimento de domingo-de-sol numa notícia publicada no "jornal de maior influência do país" (o que dizia a sua campanha publicitária). Penna, no fundo do salão, debruçado sobre o terminal do computador, escalado para as páginas policiais. Xingava a máquina, como sempre. Marcos Rogério, de *walkman,* batucava qualquer coisa no teclado do computador, escalado para o suplemento de cultura. Os escalados do esporte, encurralados por rádios e televisores ligados, atentos às transmissões do dia, gritando como torcedores fanáticos; comecei no caderno de esportes, sei como é. Jornalista aqui e ali, fazendo qualquer coisa; como moscas perdidas no enorme salão de mesas-telefones-terminais-papéis-e-notícias(?).
Fui direto pra máquina de café. Apertei todos os botões, mas a máquina não funcionou. Fiquei calculando se um soco ou um chute me presentearia com um copo de café, quando Penna se aproximou:
— Que aparência horrível, Fred! Deve ter sido uma noite daquelas...
— Não tive tempo de me trocar.
— Quais são as novas?
— Não sei. Acabei de chegar.
— Você quer vender jornal? É pago pra isso. Drogas, sexo e um bom assassinato. É isso que vende jornal.
— Alguém foi assassinado?
— Ainda não — desapontamento nos seus olhos.
Com uma habilidade que não consegui acompanhar, ele fez a máquina servir-lhe um copo de café.

— *C'est la vie.*
Fez um brinde e voltou pra sua mesa. Tentei refazer os gestos de Penna. Inútil. Marcos Rogério veio, claro:
— Política, Fred?
— É, política.
— Nada. Está tudo parado. Exceto o casamento dos Levell. Mas isso é pra coluna social, não política.
— Quem falou?
— O chefe. O que você acha?
— Acho que é um acontecimento político.
— O que fazemos?
— Fica pra você. Melhor não contrariar o chefe.
— Você esteve lá, não esteve?
— Estive.
— E como foi a festa?
— Boa.
— Quem estava?
— Eu vou fazer a lista. Depois te passo.
— E nos bastidores, alguma história que valha a pena? Novos romances, flertes, baixarias, alguém saiu da linha?
— Não, acho que não.
— E no banheiro? Você foi até o banheiro?
— Não.
— Fred, é no banheiro que as coisas acontecem...
— Eu sou amigo deles. Não fui a trabalho.
— Quer que eu publique esta foto?
E mostrou-me a foto de Antônio Levell e o ministro cumprimentando-se. No canto, eu, com os olhos caídos.
— Não.
— É, tem razão, você está horrível na foto... Ah, um tal de Júlio te ligou.
— Júlio? Que Júlio?

— Não sei. Ligou dum orelhão e só falou Júlio. Disse que era urgente.

— Não conheço nenhum Júlio.

— Nem eu...

Fui para a sala de pautas:

O CLIMA DO PLANETA ESTÁ SE ALTERANDO, diziam especialistas americanos. Como sempre, os americanos em pânico.

DEUS É TRAFICANTE DE PÓ, uma brincadeira de alguém de Brasília. "Na fronteira do Brasil com a Venezuela, um fanático fazendo-se passar por Deus foi denunciado como sendo o elo verde-e-amarelo do Cartel de Medellín..."

Levei a pilha de jornais para a minha mesa e fiquei examinando. Um cartaz na parede:

> O JORNALISTA É AQUELE QUE RECOLHE FRAGMENTOS E PESA-OS NUMA BALANÇA, PARA ESCOLHER O QUE REVELARÁ A IMAGEM DO MUNDO REFEITA NESTE TRUQUE DE ILUSÃO.

Palavras para empolgar os homens. Como dispô-las? Vigiar o mundo e julgar. Sou o mandatário dos segredos do universo, o responsável pela grande ilusão. Nas paredes, pôsteres de antigas capas do *Brasil-Extra*:

ASSASSINADO MAHATMA GANDHI, APÓSTOLO DA NÃO VIOLÊNCIA.

MORREU STALIN.

BOLÍVIA CONFIRMA MORTE DE GUEVARA.

EUA SOB TEMOR DA CATÁSTROFE ATÔMICA.

PAPA FERIDO A TIROS.

ADEUS MURO, BERLIM COMEMORA.

DEUS É TRAFICANTE DE PÓ!!!

Abaixei a cabeça e bati os olhos no convite, ainda em cima da mesa: "... Convidam para o casamento de seus filhos BIA e JÚLIO..." Júlio, urgente! Júlio Levell, o noivo, de um orelhão?! Desliguei o *walkman* de Marcos Rogério:
— Júlio Levell?
— Não disse o sobrenome.
— De um orelhão?!
— Isso mesmo.
— Tem certeza?
— Claro. Deu aquele sinal de orelhão — e imitou o sinal.
Não é possível. Como pode ter me ligado? Eles não viajaram!!
Peguei o primeiro telefone à vista. Ela está aqui, no Brasil!
[ ] [ ] [ ] [ ] [ ]
[ ] [ ] [ ] [ ] [ ]
A porta de um banheiro se abrindo e Júlio Levell dizendo: "Estava te procurando."
[ ] [ ] [ ] [ ] [ ]
[ ] [ ] [ ] [ ] [ ]
Entrou na redação o velho Almirante, dono do jornal. Arrastava a sua sandália e, mais uma vez, esquecera de abotoar o botão do meio da camisa; em nada lembrava o Cidadão Kane. Nunca vinha nos visitar. Logo hoje! Coloquei o telefone no gancho e tentei desamassar minha roupa.
— Olá, Fred!

— Como vai, Almirante?
— Indo. Não recebeu o meu recado?
— Que recado?
E olhei para Marcos Rogério, que sumira do mapa.
— Sente-se, sente-se um pouco.
Eu já estava sentado. Ele sentou-se displicentemente sobre a mesa, tirou um charuto do bolso e acendeu. Deu uma baforada sobre a minha cabeça e olhou-me com aquele olhar que encanta a todos: não o de um dos homens mais influentes do país, capaz de causar a renúncia de um ministro, mas o de um monge tibetano, humildade, paz e saber:
— Existe um grande amigo meu que está precisando da nossa ajuda.
Ele disse "nossa".
— Uma coisa horrível aconteceu com a sua família. Você sabe de quem estou falando?
Dos Levell, pensei.
— Antônio Levell — ele disse. — Nos falamos hoje de manhã, pelo telefone. Ele quer que você vá almoçar na casa dele. Você já deveria estar lá. Pegue o meu carro, que o motorista sabe o caminho.
Apontei para a minha mesa: trabalho a ser feito.
— Não se preocupe. Chamei outro para te substituir.
Levantei-me e, sem dizer uma palavra, fui saindo como um cachorro cego.
— Ei, Fred! Tome cuidado.
[ ] [ ] [ ] [ ] [ ]
[ ] [ ] [ ] [ ] [ ]

Morumbi. Alamedas semidesertas, árvores em toda parte, empresários-cooper, empregadas levando cachorros para passear, sorveteiro apertando a buzina...

Muitos são chamados.

O motorista dirigia em silêncio. Por vezes, examinava-me pelo retrovisor. Era um cínico e sabia de tudo! A última pessoa a me ver vivo, uma celebridade. Sairá em todos os telejornais, quando encontrarem meu corpo boiando no rio Pinheiros, descrevendo detalhes da minha tragédia. Seus quinze minutos de glória estão por vir. "Ele estava no banco de trás, tinha a roupa toda amassada, barba por fazer, cara de louco. Conversamos muito no caminho. Contou como fez para seduzir a nora dos Levell. Referia-se a ela como 'piranha burguesa'. É isso mesmo, 'piranha burguesa'. Senti que não era um sujeito em quem se pode confiar. Hã?... Como é que é?... Claro que foi justo. Eu mataria ele do mesmo jeito se fosse com a minha nora..."

Poucos, porém
Os escolhidos.

Uma certeza: não sorrir, jamais. Poderia ser interpretado como uma humilhação. Um homem sóbrio, isso sim, dono dos seus atos; meus atos! Não me arrependo e começaria tudo outra vez, se preciso, se quisesse, se fosse. Caso Bia aparecesse, eu cumprimentaria com um beijo no rosto e nada mais, evitando olhares e sorrisos e mordidas e lambidas. O noivo, cumprimentaria a distância, estilo "oi". Esperaria que eles criassem as regras do jogo.
No meio da rua, obstáculos e uma cancela. Um vigia mandando parar. O motorista obedeceu. O vigia olhou pro interior do carro e levantou a cancela. Entramos numa rua sem saída. Na última casa:
— É aqui — o motorista. Desligou o motor e só. Frieza, lucidez, é preciso. Desci do carro e olhei para o céu.

Toquei a campainha. Uma voz-interfone:
— *Pois não?*
— É Fred. Fred Klima, do *Brasil-Extra*. Estão me esperando.
— Estão mesmo...
Acenei à futura celebridade-quinze-minutos e aguardei. A porta se abriu. Uma empregada indicou o caminho e me fez segui-la. Um gramado e uma piscina, onde algumas garotas nadavam, entre elas a filha de Antônio Levell, que me deu um tchau de longe. Devolvi com um aceno que logo murchou. A empregada foi avisando:
— Está uma confusão dos diabos. Nunca vi esta casa assim.
Pisar em ovos. Dei pra ela, de mão beijada, o meu sorriso mais encantador: precisava conquistar uma aliada. Perguntei pelo banheiro mais perto. Agora sim, ela sorriu. Surtiu efeito, minha aliada. Levou-me até o lavabo:
— Não demore muito. Já estou tirando o almoço.
Tranquei a porta e fiquei. No espelho, tentei corrigir o cabelo desalinhado, a roupa amassada, a gravata, o incorrigível. Vamos, não desanime. O que fez, foi feito, feio ou não. Molhei o rosto, saudei a minha imagem e boa sorte. Ao tentar abrir a porta, a maçaneta soltou-se na minha mão. Tentei recolocá-la. Inútil. Forcei tudo o que pude. Estava preso. Olhei ao redor e descobri que por aquela janela estreita eu não passaria. E agora? Socorro? Paciência, até alguém se tocar? A empregada estaria do lado de fora: "Não pedi para ser rápido?" Dei alguns toques na porta. Nada. Bati com mais força. Ninguém. Poderia me encolher e tentar passar por debaixo da porta. Esfregar o sabão no corpo e escorregar pelo ralo. Me cortar em picadinhos, sumir pela privada e depois me juntar no esgoto Billings. Podia estar em outro lugar. Como sempre, deveria estar em outro lugar! Sentei-me na privada e esperei.

> Bia entra na sala de almoço, ainda vestida de noiva. Assim que me vê corre, me abraça e chora aos meus pés. Corta. Close em cada membro da família. A empregada inicia a sua gargalhada. Corta. Júlio, traído, enfia uma vareta na boca. Olhos amarelos, cospe fogo em nossa direção. Corta. Estamos em chamas, derretendo-nos. A gargalhada da empregada em eco.

[ ] [ ] [ ] [ ] [ ]
[ ] [ ] [ ] [ ] [ ]
A porta. A filha dos Levell com uma chave de fenda na mão:
— Ela fez de propósito. Todos os domingos faz isso. Não te avisou da maçaneta, não é? Odeia trabalhar nos fins de semana, e desconta nos convidados, pensando que, assim, desencoraja nossos amigos a virem nos visitar. Ficou chateado?
Fiz um gesto que não significava nada. Vestia um biquíni minúsculo e ainda estava molhada da piscina.
— Vamos, já está na mesa.
Fomos. No caminho, perguntou:
— Que roupa é esta?
— Não tive tempo de trocá-la.
— Gostei dela. Fica bem em você.
— Também gostei da sua.
E riu. Ainda bem; era urgente conquistar uma aliada, mesmo de biquíni. Na sala de almoço-jantar, já estavam comendo o que parecia ser a salada. Presentes: Antônio Levell, a mãe, as duas amigas da filha e Bola, primo, magro como uma caneta. Trocamos cumprimentos e palavras atenciosas. A menina me apontou um lugar e sentou-se na minha frente. Não havia mais lugares vagos. O almoço seria realizado sem a presença dos noivos, o que me abriu o apetite.
— Como está o Almirante? — a mãe.

— Daquele jeito de sempre.
— É um doce de figura. Fez daquele jornal um grande jornal.
— Deixa que eu te sirvo — a menina. — Quer um pouco de molho?
— Por favor...
— Todas as instituições no Brasil perderam o crédito, inclusive a imprensa. O *Brasil-Extra* é das poucas coisas em que o público ainda confia. É crítico, ousado. Cria debate, e debate é democracia.
— Quer beber alguma coisa? — a filha.
— Água.
— E o Almirante não fez nenhum milagre. Usou a imaginação. Foi criativo. Contratou os melhores da cidade, jovens com o espírito crítico aguçado...
Óbvio que gostei deste comentário. Ela continuou:
— Como disse Duras, "o jornalista é um moralista que julga". Vocês do *Brasil-Extra* não têm receio em julgar...
Achei graça da citação. Referia-se a Marguerite Duras. Apenas "Duras" adquiriu uma certa intimidade com a escritora, fazendo delas amigas-confidentes de longa data. Todos, na mesa, pareciam se orgulhar de ter como companhia uma mulher tão... sensacional.
— Mas não vamos falar dessas coisas...
E começou a falar de outras coisas. Pelo jeito, estava nos seus dias: com um toque irônico que nos fazia rir. Era magra e tinha os olhos grandes. Um tipo simples, nem um pouco esnobe. Tinha o dom da palavra. Não havia quem pudesse desafiá-la num comentário mais inteligente. Ainda será descoberta por uma emissora de TV para comandar um programa de entrevistas.
Entrou a empregada com o carrinho de pratos quentes. Passou por mim como se nada tivesse acontecido.

— Deixa que eu faço o seu prato — a filha. — Está com muita ou pouca fome?

— Pouca.

Todos se levantaram e foram se servir. Pude notar que as três meninas estavam de biquíni, minúsculos por sinal, o que dava um ar interessante àquele almoço. Na mesa, eu e Antônio Levell, cujo prato a esposa fazia. Tinha os ombros caídos; parecia ter dificuldades em sustentar a cabeça. Sério, assistira ao show da sua mulher sem nenhuma reação. Parecia indefeso. Onde está o mágico invisível da loucura do meu pai? Onde estão sogro e sogra, donos daquela que me fez tremer sem parar? Ódio, medo ou complacência? No meu caso, o coração sempre se rebela e sofro de solidariedade humana, mesmo com os maiores inimigos: identificação. Não havia poder naquela mesa. Havia uma família frágil, num almoço caseiro, sem disfarces, mas delongas. Lembrei-me das últimas refeições em minha casa. Meu pai por vezes dormindo com a cabeça apoiada na mesa, por vezes brincando com ervilhas, ou desenhando no prato com a gema de um ovo, ou amassando arroz, ou olhando a comida esfriar, quieto, quieto, quieto. Falência-fraudulenta, escândalo. E em todos os jornais, meu pai tentando esconder as algemas. Ficou poucos dias preso, até sair sem festas, nem comemorações. Fomos para casa. E depois, num almoço como este, a família dissolveu-se e foi o fim. Minha mãe que aguentou em silêncio, se perguntando por quê, que sina, carma, até desistir, pendurar as chuteiras e ir embora, juntando-se poucos meses depois com o psicanalista da moda. Meu irmão em Boston, estudando música, dedilhando sequelas, e a caçula em Barcelona, trabalhando numa agência de publicidade, escamoteando sequelas. Não voltam mais pro Brasil; não tão cedo. O grande dilema: o que veio primeiro, a falência ou a depressão? Meu pai foi usado; bode expiatório. No Brasil, era preciso um rico algemado. "Estão vendo?! O especulador, membro da elite, capitalista que mama nas tetas do contribuinte..." Quem já não foi expiatório? O problema é que a maioria se aguenta e cai em pé. Ele não. Caiu num poço fundo, estilhaçando-se. Era pra eu ter vergonha dele. Mas as coisas não se encaixavam, foi tudo um exagero da mídia, um golpe de alguém, quem? Eu não tinha vergonha, tinha pena.

— Você sabe por que te chamamos? — Antônio Levell perguntou.

— Não exatamente.

— Não te contaram?

— Não.

— Bem...

— Não prefere esperar os outros? — interrompeu a senhora Levell.

Outros?! A filha colocou o prato na minha frente. Perdi a fome. Ele não esperou os outros:

— Antes de tudo, me desculpe ter te obrigado a vir aqui num domingo. Há uns três anos, o meu filho Zaldo, que você conhece muito bem, estava trabalhando comigo na mineradora do Grupo...

— Não no meio do almoço, Antônio... — a esposa, implorando.

Mas foi no meio do almoço. O apetite de todos foi pro espaço. Rostos sérios, compenetrados, um segundo tempo nublado. Com o seu conhecimento-diploma de engenheiro de minas, Zaldo, o primogênito, em viagem de pesquisa para o Grupo Levell, conheceu uma grande reserva de cassiterita, ouro e diamante na serra Urucuzeiro, entre os estados de Roraima e Amazonas. Tentou convencer a diretoria do Grupo a requisitar uma faixa de terras na fronteira do Brasil com a Venezuela, para, no futuro, instalarem uma usina e explorar o minério, o que, Antônio Levell confessou, exigiria esforços intransponíveis, sem contar as propinas aqui e acolá, aos membros dos governos dos dois países, para a concessão da lavra. Detalhe: poucas lavras foram concedidas até então, enquanto se discutia no Congresso a demarcação das terras indígenas da região. Tudo levava a crer que o projeto era inviável: custo altíssimo, não ter como escoar a produção, pouca mão de obra especializada no local e, principalmente, uma região cheia de conflitos, índios com terras ainda não demarcadas, garimpeiros, floresta intacta, serras e rios navegáveis três meses ao ano. No entanto, talvez pelo poder de lábia de Zaldo, ou para agradar ao filho do dono, o projeto foi aprovado pela diretoria. Zaldo foi enviado para lá com a missão de viabilizar a mina.

No início, para provar que estava certo, trabalhou como nunca. Fez contato com os habitantes da região, contratou um número pequeno de empregados, abriu um campo de pouso no meio da mata e construiu as primeiras instalações, sem gastar muito dinheiro. Com o tempo, o seu envolvimento com os índios e caboclos fez do menino-prodígio um homem confuso e místico. Recusava-se a voltar para trazer relatórios e, quando visitado por alguém da empresa, criava obstáculos, para que fossem embora o mais rápido possível. Finalmente, destruiu o campo de pouso, quebrou o único rádio de comunicação e se embrenhou na mata para não ser mais visto. Dois anos mais tarde, tem-se a notícia de que Zaldo é a personagem principal de um movimento messiânico, no qual é endeusado por garimpeiros, missionários, seringueiros, pescadores, caçadores, fanáticos, membros da diocese, tapuios, soldados desertores do Exército e, como se não bastasse, jovens da alta burguesia, amigos de Zaldo.

— Eles já chegaram — avisou a empregada.

Deus se fez homem
Para que o homem se tornasse Deus.

Zaldo. Tive várias visões. No colégio, sempre com uma namorada linda, dessas que todos perguntam: "Onde encontrou tal pedra preciosa?" Zaldo, o último a sair, o fôlego de aço, bebendo mais que todos, cara dura, fala na lata o que pensa. O melhor em todos os esportes, as piadas mais bem contadas, as tiradas desconcertantes. Fez professores questionarem a própria capacidade de lecionar. Organizador das melhores festas, amigo de todos, amado, invejado, líder, odiado, extremos, sempre extremos. Deus que se fez homem!

Na sala vizinha, "eles" já estavam acomodados: o ministro da Justiça, junto com o diretor da Polícia Federal. O cônsul da Venezuela e um japonês, vice-presidente do Grupo Levell. Vários subordinados, seguranças, puxa-sacos, amigos e acompanhantes dos convidados, que ficaram pelos cantos. Fomos nos apresentando, cumprimentos, tenha a bondade... O ministro me reconheceu. Ficou surpreso com a minha presença. Chegou um rosto conhecido: Almirante. Abraçou-me, sentou-se comigo num sofá e me deu uma pasta. As meninas de biquíni ficaram num canto, para a delícia dos convidados.

— A imprensa tem se comportado exemplarmente — o ministro, ao cumprimentar Almirante.

— Pelo amigo Levell...

Todos concordaram com a cabeça. Sigilo. Por isso eu nunca soube de nada.

— Mas não sei se por muito tempo — Almirante, direto ao assunto. Virou-se para Levell: — Você sabe que é difícil segurar uma história como essa. A fama do seu filho está saindo da mata, correndo os rios. Boca a boca, a melhor propaganda, o

melhor meio de se instalar boatos, de criar mitos. E seu filho, infelizmente, já é um mito, um prato cheio para a imprensa...
— Por isso temos que agir o mais rápido possível — Levell.
— Depois de todos os encontros, espero que este seja o definitivo.
— E Júlio? — alguém perguntou.
— Já está em Brasília, cuidando dos últimos detalhes — a mãe.
Brasília?!
— Temos problemas — o ministro, um pouco dramático.
— Problemas? — o diretor da Polícia Federal.
— Trouxe aqui o senhor Troglio, a quem já foram apresentados. É melhor que ele fale.
O cônsul da Venezuela se levantou. Ia começar a falar mas se sentou novamente. Deu um gole no uísque:
— Não queria ser o mensageiro de más notícias. Os boatos se confirmaram. Eles estão em terras venezuelanas.
— Como eu não soube disso? — o diretor da Polícia Federal para o ministro. — Nos tira totalmente o poder de ação!
— Mas consegui o apoio do Exército — o ministro. Olhou orgulhoso para Levell e deu uma piscadinha: — Ordens expressas do Shazan...
Shazan, eu sabia, era o apelido do presidente da República.
— Eu já fui informado — Levell. Virou-se para o cônsul: — Agradeço a sua atenção e dou as minhas desculpas se meu filho está causando algum problema diplomático. Mas vou ser direto. Que envolvimento terá o seu governo nesse episódio?
— Estamos querendo colaborar. Também vou ser direto. Gosto da sua franqueza. Os políticos deveriam aprender com o senhor. É uma região fronteiriça com o Brasil, mas também próxima à Guiana. E, como sabemos, existe um conflito de terras entre o meu país e a Guiana. Divergências a respeito do rio

Essequibo, e um convênio que expirou em 1982 e que não foi solucionado até o momento. Chamamos esta região de "Zona de Reclamación". Técnicos dos dois países estão em exaustivos encontros, preparando um acordo. Não podemos intervir na região. Seria considerado um ato de provocação.
— Nosso filho está precisando de ajuda — a senhora Levell.
— Concordo com a senhora. Eu também tenho filhos. Imagino o drama que estão vivendo. Mas, novamente, vou direto ao assunto. É uma questão delicada para o meu país. Particularmente, tenho todo o interesse em ajudar, não só como diplomata, mas também como pai. No entanto, os militares do meu país pensam o contrário.
— Já estamos há mais de um mês planejando! — o diretor da Polícia Federal. Voltou a perguntar para o ministro: — Como não me avisaram?!
— Temos mais complicadores. A região é um foco de guerrilha: o Ponto Zero, o Bandeira Vermelha e até o M-19 da Colômbia. Governo e guerrilha estão assinando o armistício, para pôr fim ao banho de sangue que já dura décadas. Eles entregariam as armas e participariam da vida democrática. Seria decretada a anistia. São acordos honestos, importantes para todo o continente. Nosso trato é não entrarmos na região até que todos saiam da clandestinidade. A Venezuela mudou. A América Latina também. Novos tempos...
Sorriu orgulhoso e ia continuar, quando percebeu a nuvem de desânimo que se abateu. Um impasse. Silêncio para reflexões. A voz do cônsul ganhou outro contorno. Solidário:
— Me parece que o seu filho, como é mesmo o nome dele?
— Zaldo — a filha dos Levell.
— Zaldo, belo nome... Ele escolheu a dedo a região. É de difícil acesso. Quase primitiva. É na região da guerrilha, e próxima à "Zona de Reclamación"...

— Agora não dá mais tempo. Não posso voltar atrás — o diretor da Polícia Federal. — Se estão em terras venezuelanas, paciência. Nós temos que invadir!

O ministro engasgou com a bebida e olhou furioso para o seu subordinado. Já o venezuelano não esboçou nenhuma reação. Manteve-se frio, diplomata.

— Nós vamos invadir e sinto muito. O seu governo terá de fechar os olhos. Ninguém vai nos impedir, não é mesmo? — o diretor da Polícia Federal.

Trocas de olhares rápidas, surpresas, urgentes, o que é isso?! Blefe?... Finalmente os olhares se concentraram no cônsul, que não perdeu a pose. Deu mais um gole da bebida, levantou-se, arrumou o terno e disse:

— Darei o seu recado...

E retirou-se seguido por dois seguranças.

— Não é possível! — o diretor da Polícia Federal socou a mesa.

— Por favor, se acalme — o ministro.

— Por que não podem ajudar?! — o diretor da Polícia Federal.

— Se acalme... — o ministro.

— Quando eles nos pedem, ajudamos. Vamos invadir e ponto final!

— Quer fazer o favor de se controlar?! — o ministro.

O policial estava uma fera. Mordia os lábios, e seus dedos esmagavam a palma da mão. O ministro sentou-se e chamou o silêncio. Segundos de concentração.

— O senhor tem toda a razão — a senhora Levell levantou-se: — Vamos invadir! — E socou a mesa ao lado.

Risos. Olhares de concórdia. Gelo quebrado, ânimo, ânimo. Café? Que coragem. Sem açúcar. Eu faria o mesmo... Almirante apresentou-me ao diretor:

— Este é Fred Klima, meu jornalista. Vai acompanhar a expedição. Já conversamos sobre isso. É o melhor do jornal, e, pelo que eu saiba, foi amigo de Zaldo.

Nunca conversamos sobre "isso", mas fiquei lisonjeado com o "melhor do jornal". Um zunzum e conversas paralelas, cada um cuidando dos detalhes, e eu, a ver navios, até que a senhora Levell aproximou-se:
— Você deve partir hoje mesmo para Brasília. Vai se encontrar com Júlio.

Qualquer jornalista conhece três preceitos básicos da profissão. Um, não se envolver com a notícia. Dois, muito menos com o noticiado. Três, o que pode ser notícia é quase sempre o pior. Mas não era isso o que eu queria? Estava me envolvendo com aquela família. Afeto, medo, culpa, os sentimentos se misturavam. Teria de ir. Afinal, era pago pra isso. Mas algo dentro de mim me dizia: você quer ir, quer ver onde essa história vai dar, quer ajudar essa família e não pode decepcioná-la, pode ser a grande chance de reabilitar-se com as suas fantasias: a grande matéria, longe do computador, fax e dados. Zaldo foi meu colega, que admirei durante anos. E Bia?! E Júlio?!
— No fundo, no fundo, sou um pouco masoquista... — Antônio Levell me levando para conhecer o jardim. — Odeio aplausos, prêmios, cumprimentos de felicitações, puxa-sacos. Tenho uma estranha adoração pelos meus críticos. E Zaldo era o maior de todos. Brigávamos muito. Mesmo jovem, me ensinou muitas coisas, mudou o meu jeito de ser. Aquele garoto...
Pegou uma lagarta que passeava na roseira:
— Achei graça quando você me chamou de "o burguês sem projeto". Me fez pensar. Elogios não me fazem pensar.
Pausa. Deixou a lagarta passear na palma da mão.
— Eu sinto falta dele. Muita...
Esmagou a lagarta com os dedos.
— Traga-o de volta, por favor...

A senhora Levell, afobada, nos interrompeu para avisar que o avião deles estava retido em Brasília:
— Você não se importa em viajar num avião de carreira?
— Claro que não — respondi.
— Então precisamos ser rápidos. Está uma confusão dos diabos no aeroporto. Ameaçam entrar em greve. Mas eu liguei e me informaram que sai um avião pra Brasília daqui a uma hora e meia. Vou indo na frente com a minha filha, para adiantar os trâmites. Você pode ir com o Almirante. Passa em casa, faz a sua mala, mas não se atrasa.
Sentado com Almirante, e o motorista celebridade por quinze minutos, que dirigia num silencioso anonimato. Na mesma pista, carros com bicicletas, pranchas de surfe e de windsurfe, pipas, balões de gás, crianças e pais excitação-domingo-sol. Parques, plays, circos, shoppings nas margens, atraentes opções. Os Levell e Bia, duas metas, escolhas feitas à minha revelia, e sempre uma estrada entre nós.
— O filho dos Bukerman, o filho do Mamelli, dos Aços Mamelli — Almirante, dando-me a lista dos amigos de Zaldo, filhos do poder, que largaram tudo para encontrá-lo, a salvação!
— Tem certeza de que não quer passar na sua casa?
— Não, vamos direto.
— Mas dá tempo para trocar de roupa, fazer uma malinha...
— Eu me viro, Almirante. Não se preocupe.
— Eu entendo. Também sou assim. Eu sei o que dizem na redação sobre a minha aparência. Mas cada um tem o seu estilo. O meu é este: desleixado. E nunca tive problemas. Aprendi uma coisa nesta minha vida confusa: não ligue para o que os outros pensam. Já basta o mau juízo que você faz de você mesmo. Atualmente, todos andam tão elegantes que estar malvestido tem o seu charme. Além do mais, espanta os cha-

tos, que pensam que você é alguém sem importância, e os credores, que têm pena de vê-lo sem dinheiro para comprar uma roupa decente. Quando eu comecei, não era assim. Eu tinha de estar impecável. Jornalista era a voz, o olho, o sentimento do país. E nas palavras, a verdade, doesse a quem doesse. Hoje mudou. Sei que você sente falta de mais romantismo, personalidade. Tenho te observado. É um inconformado. Seu texto tende para um jornalismo que não existe, que, dizem, é ultrapassado. Mas eu estou com você. E se não se faz mais jornalismo investigativo, é por falta de competência, e não por ser ultrapassado. Agora é a sua grande chance, Fred. Você é o homem pra fazer essa matéria. Você tem tempo, calma e assunto pra encher laudas e laudas de emoção. Vá a fundo. Seja ousado e corajoso. E denuncie. Mesmo que seja um movimento apaixonante. Denuncie a fraqueza do ser humano, que quer acreditar em alguém, em qualquer coisa. Não seja sensacionalista. Sensacional sim, mas não sensacionalista. Lembre-se de Euclides da Cunha, registre o seu tempo e viva a História, mas preserve a família Levell...

Não vim para salvar os justos.
Justos não precisam de salvação.

— Tem certeza de que não quer dar uma passadinha rápida pra trocar de roupa?
— Não, obrigado. Prefiro ir direto pro aeroporto.
— Tenho que ser honesto com você, filho. Há riscos. Já ouviu falar no "Fator Amazônico"? É uma expressão que os empresários do Norte usam. Lá, tudo é diferente. Não se pode entrar na Amazônia com os princípios que você conhece. Terá de reaprender tudo. É a selva, a umidade, o calor, o primitivo, o isolamento. Já esteve lá alguma vez?

— Nunca.
— Eu já. Por incrível que pareça, é claustrofóbico. Naquele mundão sem fronteiras, de um lado a mata, do outro, a mata. Você se sente uma ilha perdida, atacado por insetos e preso por uma cerca viva, densa. No céu, copas das árvores que cobrem a luz do dia. Quando há um rio a gente se perde como num labirinto. Há rios em que você gasta um dia inteiro para fazer uma curva, mesmo num barco veloz. É a selva contra você. Terá de respeitá-la, lutar com a força do inimigo. Davi contra Golias. Seja paciente e, antes de tudo, não deixe o seu coração dizer o que fazer. Depois sim, quando voltar e estiver em frente a uma máquina, solte tudo o que viu. Vai ser uma grande reportagem, um salto na sua carreira. Poderá até publicar um livro, como *Os Sertões*. Você pode tentar traçar um paralelo entre Zaldo e Antônio Conselheiro: os tempos mudaram, mas não os meios... Um famoso paradoxo: se Deus fosse o Todo-poderoso, Ele construiria uma rocha tão grande, mas tão grande, que nem Ele seria capaz de carregá-la. Logo, não é o Todo-poderoso.

O carro da CUT fazia uma algazarra e tanto no estacionamento do aeroporto, conclamando a todos para uma Greve Geral. Jargões, aplausos dos aeronautas e dos funcionários da Sata.
— Como eu te invejo, Fred. Queria ter idade para ir no seu lugar. Mas faça, pela família Levell, pelo seu pai que vai estar torcendo e, principalmente, por mim. Eu estarei com você todo o tempo.
— Obrigado.
— Precisa de algum dinheiro? Você foi pego de surpresa, deve estar desprevenido.

— É verdade, estou duro.

Almirante procurou num bolso, no outro, até bater no vidro da frente e pedir para o motorista:

— Me empresta algum dinheiro? Depois te pago.

O motorista, de má vontade, tirou do bolso um bolo de dinheiro. Ia contar, quando Almirante tirou de sua mão e enfiou tudo no meu bolso. Um abraço.

— Vá com Deus.

— Vou precisar...

Os membros da CUT reconheceram Almirante. Um deles chegou a anunciar, pelo microfone do carro de som, a presença no local do "representante da imprensa burguesa". Iniciou-se uma vaia. Almirante ergueu a mão; o dedo médio em riste. Falou um palavrão e entrou no carro.

PASSAGEIROS DO VOO 661, EMBARQUEM NO PORTÃO 2.

Mãe e filha já me esperavam com o cartão de embarque. Ao longe, palavras de ordem, abaixo-abaixo! Em todo o saguão, faixas e cartazes, abaixo-abaixo! Um grupo de funcionários fazia piquetes. A mãe:

— Está uma tremenda bagunça!

— Tudo bem.

— Em Brasília vai ter alguém te esperando e vai te levar para o Hotel Garvey. Não se esqueça disso. Agora, só falta a sua carteira de identidade. Eles me deram o cartão mesmo sem ela.

— Eu não tenho.

— Como não?

— Perdi. Quer dizer, fui roubado.

— Agora?

— Não. Foi ontem à noite.

— Não tem nenhum documento?
— Não.
— Bem, vou ver se posso dar um jeitinho. Fique com ele, filhinha. Não sumam...
E saiu pro balcão das companhias aéreas. Eu e a pequena fomos para o outro lado:
— Ainda temos tempo. Está com fome?
Vivia preocupada com a minha fome.
— Vamos tomar um café. Eu adoro viajar. Adoro a expectativa de não saber o que vai acontecer, se é bom o lugar no avião, se se vai perder a bagagem, se vai dar pane nas turbinas. A chegada, quem vai recebê-lo, onde ficar, as pessoas que vai conhecer. É um mundo novo, cheio de possibilidades, e esquecemos da nossa cidade, dos nossos problemas, até do que somos. Dois cafés, por favor.
— Impossível. Estamos em greve.
— Vocês também?!
— São só duas xícaras de café — tentei.
— Tem pó naquela lata. A panela está ali. Se quiser, fique à vontade...
— Tudo bem — a pequena. — Essas cadeiras também estão em greve ou podemos nos sentar?
O rapaz do balcão não disse nada. A menina mudou de tom:
— Por que ele está fazendo isso?
— Porque está em greve.
— Não. Zaldo.
— Não sei.
— Foi uma surpresa. Ele sempre foi esportista, não parava nunca. Sabia que chegou a ser convidado pra representar o Brasil na Olimpíada?
— Não sabia.

— Ele ficou treinando um ano, direto, lá na USP. Era um dos poucos que estavam nadando no índice olímpico, quando, por algum motivo, desistiu. Tudo o que ele fazia era com uma dedicação diária. Treinava, estudava, obcecado, queria ser sempre o melhor. Depois desistia e inventava outra moda. Nossa, quantas coisas ele já não fez... Mas agora não é um esporte qualquer.

— O mundo está cheio de seitas, religiões, visionários, messias.

— Dizem que se você deixar um grupo de crianças recém-nascidas preso numa ilha, daqui a dez mil anos elas reproduzirão as mesmas características da nossa cultura: fala, escrita, família, como também vão ter o seu Deus, ou deuses...

— Você acredita nele? — a menina.

— Claro que não.

— Você acredita em alguma coisa?

— Não sei.

— E como você explica tudo isso?

— Tudo isso o quê?

— Ora, o mundo?

Mudei de assunto:

— Me fala mais sobre Zaldo.

— Ele está fazendo isso pra nos machucar. Principalmente a minha mãe. Não é justo...

— Ele não se dava bem com sua mãe?

— Não. Quer dizer, dava. Não sei, ele era estranho... Vivia brigando com todos, até comigo. Eu tinha medo dele. Uma vez quase me enforcou por uma besteira...

— Isso é normal, briga de irmãos.

— Ele tinha quase trinta anos... Você o conheceu superficialmente. Não tem ideia de quem ele é. Fora de casa ele era um. Dentro, ah... Ninguém sabia o que passava na sua cabeça. Aparentemente era um cara extrovertido, sociável, mas no fundo era muito sozinho. Não se sabia se iria rir, gritar, xingar, chorar. Sempre nos surpreendia. Podia ficar horas em silêncio, olhando prum quadro na parede. Às vezes, falava sem parar, bem-humorado. Ia da euforia pro silêncio em poucos minutos. Tinha pesadelos horríveis, uma dificuldade enorme para dormir. Ansioso. Tenso, fazia cinco coisas ao mesmo tempo. Cansava ficar com ele. Nunca teve paz... Ele está precisando de ajuda. Ele está louco.

Ela abaixou a cabeça, emocionada. Respirou fundo, arrumou o cabelo, deu uma olhada nas unhas e sorriu:

— Eu queria ir com vocês. Ver de perto tudo isso, ouvir ele falar, o que faz pra encantar tanta gente?... Mas não posso. Tenho que estudar pro vestibular.

— Você está prestando pra quê?

— Psicologia.

— Ah...

— Ou Cinema.

— Qual das duas?

— Só vou me decidir quando fizer a inscrição. Talvez preste pra Biologia, ou Direito. Não sei o que fazer.

E riu.

— Não quer comer nada mesmo? A lanchonete está funcionando.

— Tem uma ficha telefônica?

NO MOMENTO, NINGUÉM PODE TE ATENDER.
DEIXE O SEU NOME E RECADO DEPOIS DO BIP.
OBRIGADO.
BIIIP.

— Gustav? Sou eu, Fred. Estou no aeroporto, indo pra Brasília. Adivinha com quem vou me encontrar? É, com ele mesmo, Júlio

Levell, o noivinho. Eles não viajaram! Ela está no país, em algum lugar! Eu preciso falar com ela! Preciso saber onde ela está! Me ajuda a procurá-la. Estarei no Hotel Garvey. Me liga.

Pus o fone no gancho. A pequena Levell estava ao meu lado!!

— Você se assustou?

— Não vi você chegar.

— Pra quem estava ligando?

— Pra um amigo.

E voltamos para as cadeiras. Não consegui encará-la. Seu tom de voz era outro:

— Eu me lembro de você no casamento. Gostou da festa?

— Gostei.

— Foi convidado por quem? Pela Bia?

Cínica. Fomos interrompidos pela mãe:

— Pronto, pode embarcar. Não queriam deixar. Essa burocracia...

PASSAGEIROS DO VOO 108, COM DESTINO A MANAUS, ESCALA EM BRASÍLIA, O EMBARQUE SERÁ EFETUADO NO PORTÃO 5.

Enquanto caminhávamos até o embarque, repassei o recado na secretária, palavra por palavra, as inflexões, a respiração, a voz. A menina me ouviu! A mãe:

— Bem, boa viagem e...

Seus olhos embaçaram. Deu-me um abraço demorado.

— Me desculpa. Eu estou tão cansada. Há anos que espero por isso. Três anos... Ele está perto agora. Tenho tantas coisas...

Enxugou as lágrimas rápido, olhou por um espelhinho o estrago e se recompôs. Sorriu:

— Você vai ter o privilégio de estar com ele. Estarei torcendo. Boa sorte...

Deu as costas e se foi.
— Bem...
Agora a pequena Levell, bisbilhoteira, minha cúmplice, uma aliada:
— Boa viagem...

PASSAGEIROS DEFICIENTES, GRÁVIDAS OU COM CRIANÇAS DE COLO TÊM PRIORIDADE NO EMBARQUE.

Sem documento, lenço, chave de casa, com a roupa amassada, a mesma há dois dias, uma Bíblia no bolso, uma pasta, um envolvimento com uma mulher casada, a grande chance, uma menina cheia de perguntas. E mais uma estrada, no meio do céu.
— Seu cartão de embarque, por favor.
Um documento, o único, meu nome legível, em letras de forma, sou eu-existo, a única prova de que vivo, colocado incógnito numa pilha de outros cartões de embarque, e ninguém tinha a dimensão do que aquele papel representava, meu único papel.

AS SAÍDAS DE EMERGÊNCIA DESTA AERONAVE SÃO: DUAS NA PARTE TRASEIRA, DUAS SOBRE AS ASAS E DUAS NA PARTE DIANTEIRA.

Um cigarro. Preciso de um cigarro.

EM CASO DE DESPRESSURIZAÇÃO DA CABINE, MÁSCARAS DE OXIGÊNIO SE DESPRENDERÃO AUTOMATICAMENTE.

A pasta. Já previa o conteúdo. Um pequeno gravador, pilhas, fitas, testei, PLAY-REC: "Alô, um, dois, três, testando..." Fun-

cionando. Papéis e canetas, OK. Vários recortes selecionados pelo banco de dados do *Brasil-Extra.* Isso é bom. O novo. Uma matéria a ser feita. Quantas laudas, como será o título, as fotos, as legendas? Que estilo adotar: um diário? Romanceado? Cru-seco-moderno? Almirante me conhecia, captou um desejo, enquadrou-me nesta viagem; sincronismo.
Uma mosca na janela. Entrou em São Paulo e desembarcará em Brasília. Não tem ideia, não imagina, não saberá como, por que, em quase duas horas, tudo será diferente. E isso é maravilhoso...
Cópias dos artigos: PROJETO CALHA NORTE
ÍNDIOS IANOMÂMI
COLÔNIA CINCO MIL
SANTO DAIME
GARIMPEIROS MATAM ÍNDIOS
WAIWAI
Uma mosca na janela, estou só. Eu! Num ritmo, ideias marcham e as imagens se aproximam, atropelam-se. Onde ela está? Não foi viajar? O que está pensando neste exato momento? Está chorando, rindo, séria, alegre, com saudades, lembra de mim?
— Você é jornalista?
— Hem?!
— É jornalista? — um sujeito ao meu lado com um copo de uísque na mão. Havia visto os recortes.
— Não. Sou... escritor.
— E o que você escreve?
— Livros.
— Que tipo?
— Ficção.
— Ah, sabia. Vi pela sua cara.
— Guaraná? Coca? Suco de maracujá? Vinho? Água? Uísque?

— Nada, obrigado — respondi à aeromoça.
O sujeito inclinou-se e falou para que só eu escutasse:
— Existem extraterrestres espalhados em toda parte... Principalmente no Brasil. Você não acredita, não é? Tudo bem...
Voltou para o seu lugar, deu dois goles do uísque e apontou para a frente. Tentei adivinhar quem ali seria um ET. A aeromoça tinha toda a pinta. Eu poderia ser um, por que não? Ele voltou, bafo de uísque, jeito desconfiado, um grande segredo:
— Uns dizem que o homem é um cruzamento do macaco com extraterrestres, acontecido há milhares de anos...
— Quer dizer que macacos cruzaram com ETs? Gorilas e ETs?
— Pode ser...
— Então, somos todos ETs?!
Franziu as sobrancelhas, levantou as mãos num suspense, bebeu mais um gole e, misterioso, começou uma longa teoria. Chegou a dizer que conhecia segredos que não podia revelar, o que para um sujeito como eu era uma verdadeira maldade. Bia, extraterrestre. O papa, extraterrestre. Deus, traficante de pó e extraterrestre... Vale tudo, qualquer ideia, como?

FASTEN YOUR SEAT BELTS.

Turbulência.
Um amigo se embrenha na floresta e é amado, e explica, justifica, a salvação. Vale qualquer... O sujeito ao meu lado fechou os olhos, começou a dormir e o seu copo caiu no chão. As imagens retornam: só, absolutamente, extraterrestres por toda parte, uma menina que não sabe se Biologia, Cinema, Direito ou sei lá, e Bia, maliciosa, reclamando ser cética, irresponsável, e uma greve geral... Eu não posso ficar só!
Turbulência.

PASSAGEIROS QUE DESEMBARCAM NESTE AEROPORTO, PERMANEÇAM SENTADOS ATÉ O COMPLETO ESTACIONAMENTO DA AERONAVE.

Desembarque. Um sujeito uniformizado, uma placa na mão:

FRED KLIMA

— O senhor deu sorte: quase não pousam. Deve ser um piloto e tanto. Não está vendo a fumaça? Está uma seca braba. O aeroporto, fechado. Só um bom piloto mesmo... Não tem bagagem?
— Não.
Segui o motorista até o estacionamento. Partimos pelo Eixão. Ar seco. Um calor forte. Fim de tarde, o céu avermelhado, fumaça por toda parte. Um bombeiro a toda. As quadras-setor-sul passando em ordem decrescente, e falta de ar.
— Verão, inverno, aqui não tem mais estação. O cerrado está pegando fogo. Já foram evacuados os caras da favela Alvorada. Este é o Planalto Central... Sem chover há três meses, com a água racionada e, amanhã, greve geral. Isto não é uma cidade. É um furacão de merda...
Todos os habitantes de Brasília que já conheci são imigrados, vivem como estrangeiros, referem-se à cidade como Planalto Central e falam muito mal dela. Eu, particularmente, adoro Brasília. Tem o seu cheiro, o seu silêncio, espaços vazios, esculturas perdidas, lógica matemática, Eixo Norte, Eixo Sul, Lago Norte, Lago Sul, quadras, superquadras, um pássaro que vibra no coração do Brasil. A lógica urbana, o poder que sufoca. Voar; enlouquece-se com facilidade em Brasília.
Entramos numa sequência de pontes, curvas, viadutos, túneis, subidas, curvas, viadutos, pontes que me fez perder a noção de espaço e lembrou um parque de diversões. Segurei-me no banco, tonto, olhos esbugalhados, na expectativa de

uma montanha-russa, e esperei por um looping numa subida logo à frente, quando o que apareceu foi a fachada do Hotel Garvey. Quase aplaudi.

— Vou estacionar logo ali. Se o senhor precisar, é só chamar: estarei de plantão.

Só em Brasília se encontra um motorista tão prestativo, que não se sabe quem-mandou-nem-por-que-e-estamos-conversados. Lembrei-me de uma história antiga, ocorrida em Brasília, numa convenção partidária para a escolha do candidato à Presidência da República. Chegou um sujeito ao aeroporto e logo foi cercado pelas meninas-propaganda de um dos candidatos (havia dois). Ele se encantou com a recepção e queria mais. Disse ser delegado do partido. Imediatamente, os adeptos desse candidato lhe ofereceram um carro, que o levou até um hotel cinco estrelas, que ofereceu almoço, jantar e material de propaganda, bótons, plásticos e, na surdina, a companhia de uma pessoa do sexo oposto, com quem flertou por três dias. Teve casa, comida, roupa lavada cinco estrelas e sumiu antes de ser descoberto, deixando um bilhete de boa sorte para o candidato camarada que, detalhe, não foi indicado.

Ao dar o meu nome, os recepcionistas ficaram nervosos e preencheram fichas, deram-me uma chave, chamaram o *bellboy* para levar a minha "bagagem" e ofereceram-me uma dúzia de sorrisos e palavras atenciosas; o poder dos Levell.

— Júlio Levell está no hotel?

— Não. Mas assim que chegar, avisaremos que o senhor já está confortavelmente instalado.

— A lavanderia funciona a esta hora?

— Perfeitamente. Enviaremos em poucos minutos uma camareira que recolherá a roupa que o senhor deseja que seja lavada.

— Fica pronta de manhã?

— Correto. Na gaveta da cômoda do seu quarto há um saco plástico com todas as instruções. Mais alguma coisa, senhor?
— Não, obrigado.
Fui saindo, quando:
— Ele está sozinho?
— Senhor?
— Júlio Levell? Está sozinho?
Fizeram suspense. Olharam-se, desvios, disfarces: é o tipo de pergunta que um recepcionista de hotel precisa consultar a sua consciência para responder. Decidi facilitar, num tom protegido-dos-Levell:
— A sua esposa, Bia Levell, está com ele?
— Não há nenhuma Bia Levell em nosso registro.

Eu e o meu carregador, no elevador; aquele ar patético que existe quando você sobe o elevador de um hotel com o seu carregador. Entramos na suíte. Ele deixou a pasta sobre a poltrona e foi apertando uma série de botões, acendendo e apagando luzes, ar-condicionado, ligando e desligando o rádio, a TV, canais, vídeo, frigobar etc. Deu explicações sobre o funcionamento do painel ao lado da cama, que mais parecia o painel de um Boeing. Dei-lhe uma gorjeta e ele se foi. Respirei: ela não está. Bateram na porta. Tirei a Bíblia do bolso e dei a minha roupa. Nu, sozinho de novo, deitado, cansaço, imagens serenas, suave é a noite...

O telefone tocando.
Susto. Completamente escuro. Sono pesado. Horas? Sem relógio. Sem tempo, noite, e o telefone tocando:
— Fred, ficou doido de vez? Cai fora daí, meu chapa, está na maior enrascada...

E riu.
— *Fui envolvido, Gustav. Coincidências.*
— *Você está mudado. Virou irresponsável. Até parece os tempos de Ilha Bela...*
— *Me fala. Descobriu alguma coisa? O que aconteceu com ela?*
— *Está difícil. Eu estou sem carro. Lembra quando paramos na estrada sem combustível, no dia do casamento? Pois é. Quando eu voltei para apanhá-lo, ele não estava mais lá. Roubaram o meu carro, Fred, mesmo sem combustível. Como é que pode? Só no Brasil mesmo...*
— *Onde ela está?*
— *Uma confusão dos diabos. Começou a Greve Geral aqui em São Paulo...*
— *Espere um segundo que estão batendo na porta.*
— *... Estou sem carro e sem dinheiro... Alô? Fred, está me ouvindo?...*
Enrolei-me numa toalha e fui atender.
— Como vai? Estou incomodando?
— Não. Não...
— Eu tentei ligar, mas...
— ... É que eu estou no telefone.
— Ah, me desculpe. Pode continuar.
Não muito convencido, voltei e peguei o fone.
— *Alô.*
— *Fred?! Onde você estava?*
— *Fui abrir a porta. Depois eu te ligo.*
— *Depois eu vou sair. Escuta essa: eles não foram pra Paris. Não é incrível? Não viajaram!*
— *Depois a gente conversa.*
— *Ela está aí, em Brasília, no mesmo hotel que você.*
— *Não, não está.*
— *Como é que você sabe?*

Júlio ficou examinando o admirável painel de Boeing.
— *Me disseram.*
— *É mentira. Eu liguei pra casa dos Levell. A empregada me contou. Procura direito.*
— *Olha, sério, depois eu te ligo. Júlio Levell está aqui...*
— *Em carne e osso?*
— *Uhm, uhm...*
— *Aí no quarto? Eu não acredito... Manda um abraço pro corno.*
— *Mando, mando sim.*
— *Pergunte pra ele, meu. Ela está aí.*
— *Não posso fazer isso.*
— *Mais tarde eu te ligo. Essa história está ficando boa...*
E desligou.
— Gustav te mandou um abraço.
— Manda outro.
Fiz um gesto mostrando o fone já desligado. Mecanicamente, procurei por um cigarro no criado-mudo; eu não tinha cigarros. Procurei em cima do frigobar. Chocolates, castanhas, amêndoas, giletes, isqueiros... Engoli um chocolate quase sem mastigar.
— Obrigado por ter vindo.
Sempre me agradecendo.
— A minha irmã me ligou do aeroporto, avisando que você vinha.
Engoli outro chocolate.
— Fui eu quem tive a ideia de chamar um jornalista pra ir conosco.
E sorriu um sorriso invisível, que se apagou rápido. Acendeu um cigarro e, antes que eu pedisse, jogou o maço no lixo; era o último. Por alguma razão, comecei a desconfiar que ele sabia de tudo, desde o início: grampeou o meu telefone, escutou as nossas conversas anotando cada palavra, ouviu as pro-

postas, os gemidos, Bia pedindo: "Vem, vem..." Colocou um detetive pra nos vigiar. Um sujeito porco, com palito nos dentes e um terno xadrez, rindo dos meus bilhetes-para-brisa. Talvez tenha roubado algum para mostrar ao patrão. Uma prova (aquele bilhete cheio de mordidas que nunca chegou ao destino). Relatórios, fotos, passo a passo, cronometrados, até o sorvete derreter.

— Posso me sentar?

— Claro...

— Você estava entrando no banho?

— Não, as minhas roupas estão na lavanderia.

— Todas?

— É, todas.

— Se quiser posso te emprestar alguma coisa.

— Não precisa.

Onde ela está? Vai aparecer? Em segundos, batidas na porta e ela entrará. Imaginei-me na posição de Júlio: não estaria sentado, frente a frente, com um ar tristonho, oferecendo coisas emprestadas. Ele se levantou, abriu a geladeira, examinou o que tinha dentro, tirou uma garrafinha de vodca e se serviu:

— Quer um pouco?

— Quero.

— Com gelo?

— De qualquer jeito.

Foi sem gelo.

— Você não deve se lembrar de mim, mas eu me lembro bem de você. Você, Zaldo, Rato, Fimose, Crocante, Gustav, em Ilha Bela, uma turma e tanto... Eu era o chato do irmão mais novo. Como eu sentia raiva por não ter a mesma idade que vocês. Era sempre excluído... Me lembro de uma vez que acordei no meio da noite e me dei conta de que estava sozinho. Procurei em todos os quartos e vocês haviam saído.

Aproveitei e fiquei experimentando as roupas de Zaldo, torcendo para que eu crescesse logo para poder usá-las. Cheguei a vestir uma jaqueta e saí pela praia. Estava tudo escuro. Caminhei horas fingindo ser mais velho. Cheguei à cidade e fui direto àquela boate a que vocês iam, como era mesmo o nome?

— Le Bateau.

— Isso mesmo, Le Bateau... Tentei entrar, mas óbvio que fui barrado. Fiquei puto. Queria ter forças pra quebrar a cara daquele porteiro e entrar à força. Fiquei chorando e subi num muro. De onde eu estava, podia ver todos dançando, copos, drinques, cigarros, música pesada, fumaça, luzes que piscavam. Era como se tudo de bom no mundo estivesse acontecendo lá dentro; e eu fiquei com o resto, sempre com o resto... Você estava num canto, conversando com Zaldo. Riam o tempo todo. Esta imagem ficou gravada na minha cabeça. Merda, como eu queria ser você, Fred, estar no seu lugar, ser amigo dele, conversar com ele, rir até estourar, ter assunto pra noite toda, respirando o mesmo ar. Enquanto te observava, fingia que eu era você, imitando os seus gestos, criando diálogos, contando piadas pra ele... Fiquei lá até vocês dois saírem. Voltaram pela praia, e eu atrás, sem ser visto. Quanto mais vocês riam, mais eu chorava... Você não sabe o que é ser irmão de Zaldo. Na escola, em todos os lugares, festas, reuniões, clubes, até na universidade, eu não tinha defeitos, era somente o irmão de Zaldo. Professores, que foram os professores dele anos antes, viviam fazendo comparações: "Nem parece ser irmão de quem é..." Esperavam de mim o mesmo brilho. O próprio Zaldo me desprezava. Nunca me convidava para nada, nem repartiu pequenos detalhes do seu dia. Penso até que se envergonhava de mim. Fui crescendo, e esse amor se transformou em ódio, ódio mortal. Tomei consciência de que a minha vida seria muito diferente se ele nunca tivesse existido. Teria sido melhor...

Num gole, secou o copo.

— Mas nos últimos dias, antes de ele partir, estávamos começando a nos entender. Ele me acordava cedo e me convidava pra correr. Corríamos ali no bairro, e por vezes ele falava comigo, como se estivesse me conhecendo naquele momento. Perguntava coisas inusitadas, como: "Você já engravidou alguma mulher?"

Um riso triste:

— Por que cargas-d'água ele me perguntou isso? Talvez estivesse nos seus planos ter um filho. Talvez quisesse engravidar várias mulheres. Ninguém podia imaginar o que se passava com ele... Chegamos a sair uma noite, só nós dois. Fomos ao cinema. Eu nunca tinha ido ao cinema com ele. Eu estava tão absorto que nem me lembro do filme, só me lembro do seu jeito de ficar na fila, olhando tudo com muita intensidade. Comprou um saco grande de pipocas, uma lata de Coca e, como uma criança, se lambuzou todo. Chorava de rir do filme; quase caiu da cadeira. Quando acabou, ele me pediu pra que eu o deixasse dirigir. Foi quando, pela primeira vez, descobri que o meu irmão não era tão perfeito assim. Ele dirigia muito mal. Não é engraçado?

Outra risada triste:

— Ele era desligado, trocava a marcha na hora errada, mudava de pista sem dar sinal, fechando outros carros. Foi uma grande descoberta: ele não era perfeito... Depois, quando ele se meteu nessa história, fiquei me lembrando desses últimos dias, passo a passo. Ele estava triste. Foi isso que concluí. Parecia decepcionado, como se tivesse feito uma descoberta, como se o seu herói tivesse sido desmascarado. Não sei o que aconteceu, mas ele estava diferente, e o seu interesse por mim era uma prova. Talvez quisesse um aliado, um cúmplice. Não sei...

Abriu outra garrafinha e serviu mais uma dose.

— Eu vou trazê-lo de volta! Ah, se vou... Partimos amanhã, se o tempo ajudar. Chegou a hora. Você já sabe dos detalhes?

— Não.

— Vai um fotógrafo do seu jornal, da sucursal aqui de Brasília, e mais dois investigadores da Polícia Federal. Um antropólogo, funcionário do governo, iria conosco, soube há pouco que aderiu à greve. Vamos só nós. Acho pouco. Mas nos aconselharam a sermos discretos e não chamarmos atenção. Estamos há um bom tempo planejando. O Exército nos dará apoio e ficará de plantão. Eles têm bases espalhadas por toda a região. Bases do Projeto Calha Norte. Iremos num avião da FAB até uma dessas bases, e depois, não sei. Me parece que fizeram contato com guias que conhecem a região. Creio que iremos de barco. Não vejo a hora de encontrá-lo...

Por alguma razão, eu não acreditava nele.

— Ele é adorado, Fred, é protegido por todos. Conseguiu pacificar garimpeiros, posseiros, fazendeiros. Se matam por ele se for preciso. Temos que ser pacientes e, na hora H, trazê-lo de volta. Cortar o mal pela raiz.

— E depois?

— Não pensamos. Queremos apenas trazê-lo, nem que tenha que ser à força.

— Um sequestro.

— Acho que sim... Nós não temos outra opção. Ele está precisando de ajuda.

Quem não está?

— ... E a família é o melhor referencial!...

Ela me agarrou, sugou, quis me comer no dia do seu casamento. Família...

— ... Deve estar sofrendo e, com o seu carisma, levou todos juntos...
Você nos viu no banheiro. Por que não pergunta o que estávamos fazendo? Coragem, vamos!
— ... Você tem de escrever uma, duas, quantas matérias forem necessárias. Precisamos do apoio da opinião pública. Você sabe: vamos invadir um país. A imprensa faria sensacionalismo, e Zaldo está frágil, doente. Um escândalo só pioraria o seu estado. Fui eu que tive a ideia de te levar: uma pessoa de confiança, que preservasse o meu irmão. Você era o mais indicado: amigo, competente, com credibilidade no meio, e que trabalha no melhor jornal. Podem até, depois, tentar ridicularizar o meu pai e a minha família. Mas você será o primeiro a escrever. Irá impor um estilo, uma visão que, com o seu talento, predominará. Eu sei o quanto você gosta dele. Você vai ser importante para a reabilitação de Zaldo...
Onde ela está? Pergunte! Pode estar na piscina do hotel, nadando nua, e eu aqui!! Pode estar num dos elevadores, apertando os botões. No restaurante, afogando-se em molhos. Vou bater em todos os quartos, abrir as portas. Melhor pegar o telefone e discar, de um em um. "Bia? É você? Eu estou aqui, a metros, corre! Vamos pro terraço, nos agarrar!..."
— Está quente aqui dentro — Júlio.
Saímos pra varanda, a Esplanada dos Ministérios, a Praça dos Três Poderes, o Congresso e o Senado. Bombeiros voando pelo Eixão, com a sirene gritando fogo! Longe, luzes laranjas e vermelhas; focos. Luzes com vida balançavam numa valsa: o cerrado em chamas.
— Eu deveria estar em Paris, numa inesquecível lua de mel. No entanto...
— Onde ela está? — sem tirar os olhos do cerrado.

O rosto de Bia refletido nas chamas do Planalto Central.
— Ficou em São Paulo, me esperando.
Em São Paulo?! Te esperando?! Ela está lá, em São Paulo, me esperando!!

O telefone tocou. Júlio apertando o meu ombro:
— Fred, acorda. Telefone...
Olhei rápido: noite ainda. Adormecera na poltrona. Minha pasta aberta, e os artigos espalhados. Ele ficara acordado, mexendo nas minhas coisas.
— *E aí? Ele ainda não te matou?*
— *Não.*
— *Quer que eu vá praí, te defender?*
— *Ainda não.*
— *Está sentado?*
— *Só um momento.*
Sentei.
— *Estive com o namorado da Laika; ele me contou tudo. Os noivinhos brigaram. Logo que acabou a festa do casamento, quebraram o maior pau. Ele me disse que ela foi pra Paris. Puxou o carro, Fred, não é incrível?! Ficou desesperada e pediu pra Laika ir com ela. O namorado foi quem levou as duas pro aeroporto. Já estão em Paris, na casa de uma prima da Bia. Anota o telefone:*
— *Não posso.*
— *Então decora!*
— Eu vou pro meu quarto — Júlio. — Nos vemos no café da manhã...

Ela está em São Paulo, em Brasília, em Paris. Se Júlio mentiu, somos cúmplices, em chama por uma mulher; a mesma. Se mentiu, fez outras vezes (quantas mais?), e a partir de então passei a duvidar dos mais simples gestos...

— Senhor, não foi possível completar sua ligação. Quer tentar mais tarde?
— Qual a diferença do fuso?
— Quatro horas.
— Então deixa, obrigado.

Sem roupa, sem dinheiro, sem poder sair do quarto, zanzando, solitário, apenas quarenta e cinco pensamentos. Em quase todos, Bia!

"IN YOUR LIFE, EXPECT SOME TROUBLE. WHEN YOU WORRY YOU MAKE IT DOUBLE. DON'T WORRY, BE HAPPY..."

Nunca soube os detalhes. Sakoro, o seu nome. Não falava português, mal e mal o inglês. Fui seu acompanhante-intérprete no Brasil. Era um alto executivo, humilde e bem-humorado. Trouxe presentes eletrônicos pra todos os filhos, e uma gravura pra minha mãe. Os hotéis da cidade, lotados. Sakoro foi convidado, relutou, mas acabou aceitando hospedar-se em casa. Fui eu quem cedi o meu quarto, por uma semana, honrosamente. Ao meu pai, trouxe propostas, documentos, sugestões e uma encomenda, cinco vezes maior que a produção mensal. Nas horas vagas, levei-o para um restaurante da Liberdade, para o Simba Safári, o Masp e o Museu do Ipiranga. Oferecemos um rico jantar-comidas-típicas, onde o apresentamos a alguns empresários paulistas e, principalmente, banqueiros. Assinado o contrato, ele agradeceu como um garoto emocionado e, antes de ir embora, ofereceu a sua casa em Tóquio para quando quiséssemos conhecer o Japão. Meu pai contraiu empréstimos, contratou extras, usou todo o estoque, vários turnos, entregas adiadas etc.

A produção cumpriu os prazos, e a mercadoria foi empilhada no campo de futebol dos operários. Teve comemoração, brindes e discursos. Champanhe sem gás: era uma fraude. Não existia nenhum Sakoro em Tóquio. Os telefones, fax e telex dados por ele eram de outras pessoas. Uma comissão da fábrica chegou a viajar até o Japão. Mas nenhum Sakoro. Os juros cresceram, o empréstimo virou uma bomba, o estoque secou, e a encomenda viu moscas. Mais empréstimos para cobrir empréstimos, duplicatas vencidas, pagamentos atrasados, greves, intervenção da Receita Federal, atrasos no INSS, Fundo de Garantia não recolhido. Antes que fosse para a Justiça, tentou-se repartir os bens entre a família para preservá-los: guias falsas e escândalo! Prisão decretada, algemas e...

Batem na porta:
— A sua roupa, senhor.
Minha irmã chorava quando via filmes em que animais eram sacrificados, sangue. Uma criança que assistiu às trapaças e às surpresas que apareceram no meio da estrada identifica-se com animais que não têm controle ou poder sobre o destino.

Na entrada do salão, o *maître*:
— Estamos com problemas...
Estamos sempre com problemas.
— ... Nossos funcionários não puderam vir por causa da greve, e temos muitos hóspedes que não estão se importando em se servirem sozinhos...
— Não tem problema, eu me sirvo.
Avistei Júlio, na última mesa, conversando com uma mulher. As expressões do seu rosto estavam acesas, o queixo erguido, e as mãos trabalhando intensamente. Contava um grande caso, Carmem. Ninguém, mas ninguém mesmo, era capaz de con-

versar com Carmem sem jogar todos os charmes possíveis. Era uma fonte de cores e formas que surpreendia os homens e causava inveja nas mulheres: a altura, a magreza, o tamanho da bunda e dos peitos, o tipo de cabelo, a cor dos olhos, o desenho das sobrancelhas, os dentes e as orelhas, as unhas, um descuido de perfeição. Seu maior defeito era não ter defeitos, o que para mim lhe tirava a graça.

— Conhece Carmem, fotógrafa do seu jornal? — Júlio.

— Muito prazer.

— Prazer... — Carmem, surpresa.

— Eu já ia me levantar pra te chamar. Partimos daqui a pouco.

— Daqui a pouco?!

— A greve pode atrapalhar, uma confusão tremenda. Até nosso motorista aderiu. Tem um avião da FAB nos esperando. Estamos só aguardando um chamado da Base.

— Eu preciso fazer umas compras.

— Compras? — Carmem, irônica. — Estamos indo para a floresta...

— Eu preciso de roupa.

— Eu te empresto — Júlio. — Está tudo fechado. Não tínhamos carro nem para ir à Base Aérea. Nos emprestaram uma Kombi que já está lá embaixo. E há boatos de que o Exército entrará em prontidão. Que tumulto. Essa merda da CUT tinha que nos atrapalhar!

Júlio falava comigo, mas com os seus olhos em Carmem, que correspondia sorrindo.

— Bom, então é melhor eu comer rápido...

Fui me servir e ela veio atrás, lógico.

— Que história foi essa de "muito prazer"?

— Não sei, resolvi começar a mentir. É um grande mentiroso.

— Não estou gostando nada disso. Não gosto desse cara.

— Então apaga o sorriso.

— Foi você quem me meteu nessa pauta?
— Não. Deve ter sido alguém de Brasília, ou o próprio Almirante.
— Já estive em Roraima. Fiz um trabalho sobre os ianomâmi. Mas desta vez não tem nada a ver. História de louco. Ainda mais com milico dando apoio. Não suporto milico, nem reacionário culpando a CUT. Acho que entramos na maior fria...
— Nós já entramos em muitas frias, e nos safamos de todas.
— Fred, é a Amazônia. Aquilo dá medo, enlouquece qualquer um. Seu corpo ganha outra forma, sua voz fica grave e você vira bicho, sempre atacado por tudo. Quando tem índio, então!... Se prepara, Fred. Não vai ser fácil.
— Eu te defendo.
— Você?! Você não vai conseguir se defender... Estou com um mau pressentimento...
— É só um trabalho.
— É um mundo completamente diferente, que te coloca em xeque. Todos os valores se perdem e passam a não fazer sentido: a roupa que usa, a língua que fala, a cidade em que vive...
— Então por que veio?
— Pelo mesmo motivo que você: adoro ficar louca...
Ri. Mais uma em Carmem: era bem-humorada. Eu já estava gostando da ideia de ser ela a minha fotógrafa. Trabalhamos juntos em Brasília, e trabalhar com Carmem é fazer um pacto com o inesperado.
Os pratos já transbordavam de tanta comida.
— Como nos velhos tempos, hein? — Carmem.
— E Brasília?
— Muda governo, mas fica Brasília. A maioria batalhando um emprego numa fundação do Estado. Os adolescentes se drogando e pulando de um elevador para outro, dentro do

fosso, e o ar entediado do Beirut, cantando: "Um dia eu me mando..." O que ele tem?
Apontou para Júlio, que examinava o nada.
— Muito dinheiro, um irmão que pirou e uma mulher que...
— Que o quê?
— Que o abandonou.
— Não brinca...
Voltei pra mesa antes que ela começasse um inquérito. Nem me sentei, e o *maître* entregou o telefone sem fio a Júlio.
— Vamos, já estão nos esperando.
Deu pra engolir uma fatia de queijo.

Kombi. A cidade às moscas, nenhum movimento, exceto jipes do Exército a toda, apontando metralhadoras para as nuvens, e caminhões dos bombeiros procurando chamas no cerrado. Na Base Aérea, soldados com mochilas nas costas, lá e cá, um país em prontidão. Deixaram-nos num hangar, e esperamos as próximas instruções.

Alguns índios, sentados em fila, riam muito. Apontavam para nós e riam. Quase todos de óculos escuros. Várias sacolas, malas, caixas e bicicletas embrulhadas, prontas para o embarque. Continuávamos esperando.

Carmem preparou a sua câmera, quando um oficial impediu:
— Não, não, aqui não. Aqui dentro não pode, sinto muito...

Carmem limpando a sua câmera, enquanto as próximas instruções não apareciam.

Chegaram outros índios, sem risos, nem óculos. Foram para um canto, atentos, sérios, à parte. Um anão albino com eles.

Como um guia, organizava-os. "Você aqui, você ali..." Veio até nós e, com um sotaque americano:
— Vocês são os paulistas?
— Isso mesmo.
— Bernard. Bernard George.
— Muito prazer.
— Vai demorar um pouco. Sempre demora...
— Vai viajar conosco? — Carmem.
— Não. É que me alistei no Exército.
E riu; piadista...
— Com vocês vão os caiapós — e apontou para os índios de ray-ban.
Um grupo de soldados marchando. Um sargento, voz grossa, aos berros: "Vai, vai, vai, vai..." Foram.
— Eles nos dizem o que fazer, pra onde ir, a que horas e por quê. Aqui, não somos nada, não temos opinião, nem necessidades. Apenas obedecemos. Sou antropófago.
Olhamos surpresos.
— Desculpe. Antro-pó-lo-go. Sempre troco.
E mais uma vez, riu.
— Como conseguiram autorização? — parou de rir. — O Exército fechou a área. Tiraram os médicos, os pesquisadores e até os "antropófagos". Ninguém sabe o que está acontecendo.
PLAY-REC.
Ficou sério:
— Enquanto demoramos cinco anos pra ganhar a confiança dos índios, o Exército só precisa de horas, com presentes, Toyotas, bicicletas, motores pra barco. Quem não gosta de presentes?... Não se pode culpar os índios. Em algumas coisas, não são tão diferentes de nós. Até que ficam bonitinhos de óculos escuros...
E riu.
— Todo o Exército está mobilizado pra conquistar os índios.

Estão gastando fortunas. E pra quê? Não sei se pra controlá--los, ou se tem alguma coisa por trás. Mas eu vou descobrir... Conhece a Amazônia?
Perguntou para Carmem.
— Já estive em Roraima, há uns três anos.
— Hoje em dia, três anos na Amazônia são três séculos. Tudo lá tem mudado muito rápido. Em termos. A pele muda, mas o sangue é o mesmo... Os militares pensam que eles mudaram. Só que os índios são especialistas em pinturas de pele; na veia corre o mesmo sangue... Quando Anchieta começou a catequizar os índios, chamava-os de "papel em branco", já que eles aceitavam tudo, qualquer desenho, risco ou palavra... Chegaram a reunir os índios nas cidades, vestiram neles as roupas do branco, obrigaram a falar a língua e a acreditar no Deus dos brancos. Anchieta frustrou-se quando descobriu, no fim da vida, que eles continuavam os mesmos. Fingiam acreditar na fé dos brancos, talvez por curiosidade, talvez para se defenderem, mas nunca deixaram de ser índios. O padre ficou louco: anos da sua vida dedicados a um vidro trincado. Com raiva, mudou de ideia e pregou o uso da força bruta para convertê-los. Escreveu cartas para o rei nas quais afirmava que não havia melhor pregação que espada e vara de ferro. E antes, "papel em branco"...
— Ah, não! Você de novo?! — um tenente ao se aproximar.
STOP.
Bernard ia começar a falar, quando o oficial pegou-o pelo braço:
— Você não pode entrar aqui!
Iniciou-se uma discussão direitos-estou-trabalhando-são-ordens-que-país-é-este-etc. Bate-boca por um tempo, até outros oficiais confirmarem as ordens de expulsão. Bernard foi cercado por brutamontes da P.E.

— Não se preocupem. Eles vivem me expulsando. Mas eu sou pequeno. Passo por debaixo da porta se precisar.
E saiu por livre e espontânea vontade.
— São ordens — um capitão botando ordem na casa. — Isto aqui não é a casa da sogra. Isto aqui é uma base aérea, queiram ou não!
E continuamos a esperar.

Um rosto conhecido entrando no hangar: o diretor da Polícia Federal, acompanhado por dois agentes. Cumprimentou-me como um velho conhecido e apresentou-nos os policiais, bem diferentes um do outro. Guedes, o mais velho, gordo, com o rosto oleoso e cheio de espinhas, fumando um cigarro pronto pra queimar os dedos. Examinou cada um de nós de cima a baixo, e quase engoliu o cigarro quando lhe apresentaram Carmem. Aríton, alto, forte, moreno, olhos fundos, um índio! Despedimo-nos do diretor e esperamos em silêncio. Guedes, o tempo todo, afrouxava o nó da gravata e passava um lenço no rosto; sofria com o calor. Aríton, impassível, quieto, parecia não ter medo de nada. Meus novos aliados.

Ainda esperando. Enquanto isso, apertar botões do gravador, olhar os cantos e mínimos detalhes. Pensar nas palavras que teria de usar, as quais já visualizava numa página inteira do *Brasil-Extra:* o grande furo! E o país lendo, opinando, conversas de mesa, meu pai, Almirante, Bia lendo. Irão comigo para a floresta, com Carmem, Júlio, Guedes, Aríton e Zaldo, as primeiras personagens. Depois, pensar no depois. Sem pressentimentos...

II
AMAZÔNIA BRANCA

A primeira troca de avião.
Uma pista asfaltada, um pouso normal, aeroporto, cidade de merda. Poderíamos ter seguido o roteiro usual: um voo da Varig até Boa Vista e, de lá, um barco ou avião a Jundiá. Mas uma greve geral transforma roteiros usuais em escalas de merda. Não tão ruim assim: o meu trabalho me obrigava a ser mais atento aos pequenos detalhes. E o Exército era o meu pastor:

— Deveríamos estar em Cachimbo, mas a pista está fechada. Aqui, trocamos de avião — o tenente Osório, oficial destacado para nos acompanhar de Brasília a Jundiá. De tenente não tinha nada: era um relações-públicas, coringa, coisas do tipo. Seguimos em fila indiana, nós e os índios ray-ban, até o saguão do aeroporto. Os ray-ban gritaram quando encontraram os parentes. Gritos-choros, sem abraços, toques; apenas a cabeça baixa, e gritando ao lado do parente que gritava. Do lado de fora, atrás de uma porta de vidro, muitas pessoas olhavam minuciosamente para toda a movimentação, comentando com o vizinho e apontando para cada um que entrava do saguão, vindo da pista. Um cordão de isolamento de soldados separava-nos deles. Quando Júlio apareceu, a excitação aumentou. Como que ensaiados, começaram a aplaudir, apontando mais e mais, erguendo crianças nos ombros, flashes: "É ele! É ele!!" Não tardaram os primeiros gritos, que encorajaram mais gritos, até pousar a histeria:

— Ehhhh!!

— Lindooo!!!

Algumas mulheres começaram a chorar, esfregando os olhos para verem a verdade, e apontavam e gritavam; todos gritavam em São Félix do Xingu.
— Tudo bem, tudo bem, é normal... — o tenente Osório, o mais tenso de todos. — Quando chega um avião, vêm correndo para o aeroporto. Eles gostam de gente de fora...
— Eles gostam do Mário Gomes — interrompeu um sujeito desdentado, indiferente à balbúrdia, preocupado com a mosca que taxiava na sua testa. — Mário Gomes, aquele ator. Vai ser o presidente do júri.
Espantou a mosca e, como se fôssemos os mais ignorantes da Terra, perguntou:
— Vão me dizer que não conhecem o Mário Gomes?...
— Claro — Carmem, para não decepcioná-lo.
Outra mosca (ou a mesma?). Acompanhamos o seu voo, até uma bofetada rápida, sem chances: o sujeito esmagou o inseto na própria testa, que ficou vermelha, com a palma da mão desenhada, e um ponto negro no centro, destroços de uma mosca. Resolveu esclarecer:
— Hoje à noite é eleição da Miss Sul do Pará. Cada ano é numa cidade. Este ano é aqui, em São Félix. Estão achando que você é o ator...
Surpreso, Júlio olhou de relance para os fãs. Uma garota passou mal.
— Mas eu sou parecido com esse tal Mário Gomes?
— É a cara — Carmem, tirando fotos de Júlio, com a multidão em segundo plano sorrindo, gritando, acenando, de tudo, muito.
Ehhhhh!!

O tenente Osório:
— Não podemos decolar.

Bolas de sinuca, de um lado pra outro, criando suspense.
— Como assim?! — Júlio.
— Sinto muito, senhor. Palimiú está fechado.
— E daí?
— Não podemos decolar. O avião não tem instrumentos para um campo fechado.
— Que avião?
— Aquele, senhor — e apontou para um Bandeirante da FAB.
— E o outro?
— Qual?
— O que viemos?
— Volta pra Brasília.
— Então, tenente, o que propõe?
Nada, era o que se traduzia no olhar infantil-CPOR: "Não sei propor, talvez obedecer..." Júlio virou-se para o Bandeirante, esperando que o avião desse alguma resposta.
— Aquele ali é o piloto?
— É, ele mesmo.
— Dá para chamá-lo um instante?
O tenente fez sinal para que ele viesse, e veio. Continência. Júlio começou o interrogatório; era bom nisso, deveria seguir carreira nas Forças Armadas. Levantou a bola para o alto e sacou:
— Palimiú está fechado?
— Sim, senhor — o piloto. — Tenho ordens de só decolar quando a pista estiver liberada. Estamos aguardando um chamado pelo rádio.
— E quando vai estar liberada?
— Como posso saber?
— O que que é: está chovendo?
— Que eu saiba, não.

Tinha chegado manso, mas não gostou do jeito de Júlio. Levantou o queixo e pôs a mão no bolso: arrogante. "Quem é que manda aqui?!" O tenente Osório, bom relações-públicas, tentou contornar:

— Senhor...

— ... Não me chame de senhor! — Júlio, perdendo a paciência. — Essa viagem está parecendo uma novela! Primeiro, ficamos horas numa base aérea, sem sabermos quando embarcar, com quem e como. Agora, estamos no meio do Pará, numa cidade de merda! Que eu saiba, não é para Palimiú que devemos ir, não é mesmo, tenente?!

— Não, senhor... Digo, é Palimiú sim, com escalas em Santarém e Balbina, para reabastecermos. Em Palimiú pegaremos um helicóptero para Jundiá.

— Palimiú, Jundiá, que merda é essa? Vamos direto. Vamos até onde está o barco e subimos o tal rio Catrimani!

— Não sei... Foi o plano que recebi. Não temos muitos aviões disponíveis. Temos de ir pingando, pegando carona.

— Mas eu tenho um avião retido em Brasília. Por que não me avisaram? Podia mandar consertá-lo. Ou até mesmo alugar um táxi-aéreo.

— O senhor está sendo intransigente. É melhor seguirmos o roteiro estabelecido pelo comandante de Palimiú — o piloto.

— Vamos direto pro barco. Faremos as escalas, como é mesmo? Santarém e Balbina? — Júlio, para o piloto.

— Calma, senhor, nós temos ordens de...

— ... Eu não cumpro ordens! — Júlio, interrompendo o tenente.

— Mas nós cumprimos... — o piloto, satisfeito, fechou o *game.* Júlio olhou para nós, esfregou a cabeça, respirou fundo e, com a paciência de um favorito, voltou a sacar:

— Quem está no comando?
— General Barata — o tenente.
— É o que chamam de general Hollywood?
— Sim, senhor.
— O que está acontecendo?
— Parece que não podemos decolar.
— Está brincando...
— Eu quero falar com ele pelo rádio!
— Não podemos fazer nada. Se o campo está fechado, não vai abrir porque o general ou você quer — o piloto.
— Como vai?
— Muito prazer.
— Que cara chato...
Uma roda. E de longe os fãs de Mário Gomes em delírio.
— É o nosso piloto.
— Fiquem mais juntos. Deixa eu tirar uma foto...
— Vamos fazer o quê nesta cidade?!
— É aquele o avião?
— É um Bandeirante.
— Tem fogo?
— Aqui não pode fumar.
— Sorriam, vamos...
— Qual é a autonomia dele?
— Vai logo, tira essa foto.
— Estou ficando com fome...
— Umas quatro horas, estourando.
— Tudo isso?!
— Por aí.
— Prefiro um Lear Jet.
— Como está abafado!
— Será que tem café nesta birosca?
— Cara, olha só como eu estou suando...

— Chega!! — Júlio, gritando; calou a todos. — Muito bem. O que vamos fazer?! — Olhou para o tenente, que, esperto, esperou a poeira abaixar, o vento se fazer ouvir, e falou num tom calmo, pacífico, enfim, relações-públicas:

— Podem ir para um hotel descansar.

— Um hotel?! — em coro.

— Ah, não se preocupem, o Exército pagará as despesas...

Fim de jogo. Júlio bateu os braços no corpo e, exausto, aceitou a derrota. Enquanto as torcidas se confraternizavam, percebi que havia duas lideranças entre nós: general Hollywood, ausente, mas com um eficiente comando sobre a sua equipe, e Júlio, derrotado, nosso cérebro, de quem esperávamos o próximo passo. Num certo sentido, era ótimo ter quem tomasse as decisões. Dava tempo para fazer poses para as fotos de Carmem, e até saber as características de um Bandeirante. Encontram-se virtudes na preguiça, nenhum pensamento, deixar-se ir, desde que o guia seja um satélite em ordem. E Palimiú, depois Jundiá, para finalmente pegarmos um barco e subirmos o Catrimani, a milhares de quilômetros. Enquanto o sul do Pará a nossa frente, numa São Félix em festa, um tempo inútil para ser vivido, como se tivéssemos todo o tempo do mundo. Ganhos: um sósia de Mário Gomes, e detalhes dessa Amazônia--cidade-branca.

— Peça para nos enviarem uma Kombi — nosso tenente, a um soldado local.

— Não temos Kombi, senhor — foi a resposta inusitada.

— Como não?!

Agora, o jogo era entre o oficial de Brasília e o 51º Batalhão de Infantaria da Selva, Exército local.

— Temos Kombi, senhor, mas está na manutenção.

— Então um jipe, um carro qualquer...

— Na manutenção, senhor. Temos apenas aquele caminhão.

— Um caminhão?!
— Ou então fale com Mansur.
Apontou para o sujeito desdentado, com a mosca esmagada na testa. Fale com o Mansur, senhor...

— É um vexame, dos grandes. Me vejo obrigado a ceder até pneus para o batalhão. Os meus caminhões não podem trafegar com pneus recauchutados, é contra a lei, e eles não têm pneus novos. Os deles podem, o Exército contra a lei... — Mansur, dirigindo sem pressa o seu Mercedes dos mais-mais.
— A maioria dos fuzis não mata nem tatu. Enferrujados. A munição tem que ser racionada: três balas por semana pra cada soldado. Uma vez por mês, desce o navio de mantimentos lá de Belém. São Félix é a última parada. O arroz já vem bichado, e com esta umidade, não há comida que aguente. Se eu fosse os argentinos, começaria a guerra por aqui, em São Félix; seria de lavada...
E riu. Mesmo sem dentes, riu.
— Mandem lembranças para o general Hollywood. Serviu aqui. É meu amigo. Vaidoso, se acha o general mais bonito do país. Gritava para todo o pelotão: "Quem é o general mais bonito?" E eles respondiam, fazendo flexões, polichinelos, essas coisas: "Senhor, senhor, senhor... Hollywood, nosso senhor..."
E riu, sem dentes e com destroços de uma mosca ainda na testa. Apontou para um caminhão de combustível e encheu a boca de orgulho:
— Tenho sete iguais a este. Uma frota dentro da lei. Nasci nessas partes. Comecei tudo vendendo pele de onça. Eram muitas por aqui. Atacavam as fazendas, o gado, até as crianças se bobeássemos. Tive há pouco tempo um vaqueiro que desapareceu por três dias. Encontramos ele na beira de um igarapé,

longe, longe. Uma onça arrastou ele. Mais parecia uma peça de açougue; e o rosto intacto. Onça ataca pelas costas, arrasta prum canto e come o dorso; o rosto fica normal. Matei muitas dessas filhas do diabo, mas estão aí, praga. Muito comprador gringo. Juntei o meu primeiro dinheiro e...

Flutuava, enumerando as posses: duas farmácias, uma retransmissora de TV, uma rádio FM e, como se não bastasse, era presidente da Câmara dos Vereadores:

— Pode ver: tem algum cartaz com o meu nome? Não fiz propaganda nenhuma, e fui o mais votado da história de São Félix, sem gastar um tostão...

Uma estrada mal e mal asfaltada. Buracos. Paisagem totalmente desmatada. Uma ponte de madeira um-carro-por-vez, sobre um igarapé. Atrás, uma fila grande de carros e caminhões buzinando. Braços pra fora e rojões para anunciar a chegada de Mário Gomes.

— Era uma cidade linda. Crescemos muito quando começaram a construir a Transamazônica, lá em Altamira. Mas agora, o governo nos abandonou! — Mansur.

A maioria das cidades do Norte vive de subsídios. Não existiriam se o "governo" não as criasse. E, na decadência, é difícil admitir a incompetência e o fracasso dos seus habitantes. Encontrar um culpado: e o governo os abandonou.

Uma madeireira falida e um motel à venda, portas de entrada de São Félix, cidade à vista:

— Não estão em greve? — Carmem, instinto jornalístico.

— Greve? Aqui em São Félix? — Mansur, surpreso. — A única coisa que faz greve aqui é buraco: nunca saem do lugar...

O asfalto terminava numa rua-avenida; lama e buracos. Farmácia, banco, loja de roupas, de material de construção, um bar, um barracão escrito "SHOPINGUE" e bancos e farmácias e lojas de roupas e lama.

— É a via principal. Ali adiante é o hotel. Existem três na cidade. Este é o melhor.

REAL PALACE HOTEL

O tumulto ia começar, quando soldados desceram de um caminhão e fizeram uma barreira para podermos passar. Corremos para o hall de entrada sob aplausos e papel picado. Os carros que nos seguiam congestionaram a rua-avenida. Buzinas estouraram. Mais uma porta de vidro, fechada assim que entramos. Júlio Levell começou a distribuir os primeiros autógrafos: funcionários e amigos dos funcionários do hotel. Inconformado, não sabia o que fazer:
— Alguém tem que lhes dizer a verdade. Eu não sou Mário Gomes...
— Já disseram. Mas ninguém acreditou.
— Eu não sou o Mário Gomes — ele dizia alto, assinando os papéis. — Eu não sou ator. Meu nome é Júlio Levell.
E riam dele. "Que gracinha..." e ofereciam agendas, cadernos, livros e fotos de revista, pedindo dedicatórias especiais que dissessem coisas que mudassem as suas vidas...

No meu quarto, surpresa: ar-condicionado funcionando, banheiro limpo, frigobar e uma TV colorida. Um novo lugar... Sem controlar a ansiedade, saí e bati no quarto de Carmem. Ela me atendeu enrolada numa toalha:
— Estava entrando no banho. Vem...
Entrei e fechei a porta.
— Legalzinho este hotel — comentei.
— O que esperava: tabas e redes?
Ela foi pro banheiro e entrou no chuveiro, enquanto eu inspecionava o seu quarto, descobrindo Cocas geladas, cervejas,

amêndoas etc. Liguei a TV e girei o seletor: Globo, Manchete, SBT e Bandeirantes, as quatro redes, numa imagem nítida, melhor que a da minha TV em São Paulo. Quando entravam os comerciais, não entravam os comerciais: sem imagem, nem som, um relógio digital em contagem regressiva:

00:49
00:48
00:47

— Não tem comerciais!
Ela não me ouviu.

00:22
00:21

Deitei-me na cama, olhei pro teto e sorri, para ninguém, sem nenhum motivo, sem pensar em nada. Aqui estamos nós...

00:14
00:13

A pequena Levell e o entusiasmo-lugar-novo...
— Do que está rindo? — Carmem, saindo do banho, com uma toalha no cabelo e outra ao redor do corpo.
— Meus problemas estão longe...
— Seus problemas estão começando.
— Não seja pessimista.
— Tá bom...

ATENÇÃO PARA O TOP DE OITO SEGUNDOS:

— O cara era um contrabandista de pele de onça. Com quem fomos nos meter... — Carmem, sentando-se na cama e enxugando o cabelo.
— Tinha muitas por aqui.
— E agora não tem nenhuma.
— Ele me pareceu simpático, inofensivo.
— Inofensivo?! Você se perguntou o que esse inofensivo já não matou?!
Só me falta ela tirar a outra toalha e se vestir na minha frente...

8 pi pi pi
7 pi pi pi
6 pi pi pi
5 pi pi pi

— Vamos dar uma volta pela cidade? — sugeri, sem tirar os olhos do teto.
— Aqui não tem nada pra se ver.
— Tem sim.
— É uma cidade como outra qualquer. Não é Amazônia. É uma imitação decadente das cidades que eles veem na TV: as nossas cidades.
— O que te azedou?
— São Félix.

O HOJE *DE SEGUNDA ESTÁ COMEÇANDO AGORA:*

Aconteceu: ela jogou a toalha longe, e ficou andando pelo quarto, nua.

VEJA AGORA: GREVE GERAL PARA O *PAÍS. GOVERNO APELA PARA O ENTENDIMENTO.*

Carmem, em pelo, escolhendo o que vestir. Olhei a janela, as paredes, o teto, algum ponto para fixar os olhos. O possível e o impossível para manter uma expressão neutra no rosto.

CUT E CGT AFIRMAM QUE A GREVE É TOTAL.

Por que demora tanto pra escolher?

A FIESP PEDE A RENÚNCIA DO MINISTRO DA JUSTIÇA. EXIGE PROTEÇÃO POLICIAL PARA GARANTIR O PATRIMÔNIO DAS FÁBRICAS.

— Está apaixonado pela filha dos Levell?
— Até poderia, daqui a uns dez anos.
— Então é caso da noivinha?
— Para com isso!
— Como é o nome dela?
— Não sei.
— Pode falar, Fred. Já vi fotos dela. Tem cara de safada.
— Nem a conheço.
— Então, por que o seu envolvimento com essa família?
— É trabalho. Assim como você.
— Dá um tempo. Você não viria se não quisesse. Te conheço...
— Eu vou dar uma volta. Você está um porre hoje.
— Não muda de assunto.
— Tchau.
— Espera. Eu vou com você.
— Então se veste logo!
Finalmente encontrou algo...

QUALQUER PEÇA POR UM. É ENTRAR E ESCOLHER. PAGA SÓ UM. VAMO LÁ, VAMO LÁ...

Comprei uma calça e uma camisa por cento e cinquenta e aposentei a roupa que já vestia havia três dias. Saímos para caminhar. A calçada lembrava uma calçada. Mas a rua... Era outra coisa: rua não. Os carros passavam a dez por hora, desviando-se dos buracos-grevistas; andávamos mais rápido que eles. Muitas pessoas com sacolas nas mãos, às compras por um.
— Tem muita farmácia — eu.
— Tem poucos médicos. As pessoas se automedicam. Poderia sugerir pro seu amigo Levell abrir farmácias por aqui.
As lojas eram grudadas umas nas outras; pareciam ser uma só. Nada de árvores, gramado, nem flores, jardins, nada: buracos, lama e lojas. E estávamos na Amazônia...
— Vamos tomar alguma coisa, Fred. Isso aqui está me dando sede.
— É o "fator amazônico".
— O quê?
— Nada, esquece.
No primeiro bar, uma TV ligada, centro das atenções. Demoraram pra perceber dois novos fregueses:
— Um suco de cupuaçu.
Esperou o meu pedido:
— O mesmo.

RESPOSTA CERTAAAAA! MUITO BEM. VAMOS PARA A PRÓXIMA PERGUNTA:

Assistiam a um desses programas de perguntas e respostas.
Carmem ergueu o copo de suco:
— Dizem que é afrodisíaco.
— *Catso*! Então bebe e voltamos pro hotel..
Ela riu. Carmem ria das minhas piadas; graças a Deus...
— Fico imaginando quantos índios cada um desses caras já não matou.

— Quer que eu pergunte?
— Índios, onças, jacarés, muçuãs, árvores seculares, mercúrio nos rios...

A PRÓXIMA PERGUNTA É:

Não quero me meter, mas... esse suco estava delicioso e de fato me deu tesão.
— Será que não tem nada pra se ver nessa cidade? — pensei em voz alta.
— Já viram o rio? — o fazedor de sucos.
— Rio, que rio?
— O Xingu, idiota — Carmem, sabe-tudo.
Não vimos. Como se joga tempo no lixo... Estava na margem do rio Xingu e não sabia.
— Vamos ver o rio.
— Agora não, Fred...
— Vamos ver o rio!
— Estou morrendo de calor. Vamos voltar pro ar-condicionado do hotel.
— Vamos ver o rio!
Aquela viagem estava começando a me deixar louco: um lugar novo, longe dos problemas, sem tempo. O que o fator amazônico não faz a um sujeito... Fomos conhecer o rio.

"Beira-mar" era como chamavam a rua na beira do rio, grande obra da prefeitura local, tão esburacada como as outras, mas: palhoças, mirante, cartão-postal. Na outra margem, lá estava, a Floresta Amazônica. São Félix nasceu numa curva do Xingu, e por ela se espalhou. Mais pra baixo, o porto bem movimentado: voadeiras contra a correnteza, balsas de garimpo em reparo, mercado de peixes e tudo mais. Um vaivém desenfreado, alheio à greve geral, e um rio como guia. Invade florestas e montanhas, veias de um corpo doente, à beira da morte. Por algum motivo, desconfiei que aqueles que embarcavam iam em busca de Zaldo. Havia uma Amazônia entre nós, mas parecia pouco. Perto, atraindo os barcos como num redemoinho: "Vem, alma fria, sinta o meu perfume..." Uma estrada, simples uma.

Na beira de um igarapé, numa casa de bambu, música alta na vitrola, Mansur, o caçador de onças, interrompeu o nosso almoço:
— Procurei vocês por toda parte. Estamos com um pepino, e dos grandes. Mário Gomes não chegou até agora. Ele não vem. Tenho certeza que não vem, desgraçado! Altamira, no ano passado, levou dois, de uma só tacada: a Bruna e o Ricceli. Nós não vamos ter nenhum famoso. Vão rir da nossa cara por anos. O prefeito de Altamira já está aí. Os prefeitos de Marabá e Redenção também. Não podemos fazer feio, só porque o atorzinho afinou. E as candidatas? Hoje era para ser o dia mais feliz das suas vidas. A festa está sendo organizada há meses. Toda a comunidade empolgada...
Um vaqueiro desceu do cavalo. Reclamou da febre, pediu uma dose de cachaça, espremeu limão, jogou sal, pimenta-do-reino, alho picado e bebeu num gole só. Tremeu como um raio. Agradeceu, montou no cavalo e partiu.
— Acabei de saber que Palimiú continua fechado. Vocês vão ter que me quebrar esse galho...

— Não! Claro que não!
— Ninguém vai desconfiar...
— Vocês ficaram malucos?! Não viemos aqui pra isso! Ninguém está se divertindo!

— É só por essa noite.
— Se eu sair desse hotel me escalpam vivo.
— Vamos, Júlio, vai ser engraçado.
— Eu não viajei três mil quilômetros para rir.

Discurso do prefeito de São Félix:
— *Como todos sabem, Deus é brasileiro, não é?*
A plateia, em coro:
— Ééééé!
— *E por ser brasileiro, nos fez herdar essa terra rica, abundante, com animais belíssimos, minerais valiosos, o exuberante rio Xingu e, pra caprichar, mulheres bonitas...*
Aplausos.
— Raimundas! — alguém da plateia gritou.
Risos.
— *E nós, que viemos de outros estados, ou que nascemos aqui, desfrutamos dessa terra. E com o nosso trabalho, o garimpo, as fazendas, as plantações, com as nossas crianças e o povo, devolvemos a Deus e ao país a riqueza que herdamos...*
Aplausos do povo.
— *Viva os garimpeiros!*
Vivas.
— *Viva os ruralistas!*
Vivas.
— *Viva São Félix!*
Idem.
— *Vamos apresentar o júri...*
Suspense. Um assessor entregou-lhe um papel; nomes dos jurados.
— *Gostaria de chamar, para compor o júri, o prefeito de Redenção, Alcino Rodrigues...*
Poucos aplausos. Talvez, só os de Redenção; rivalidade paraense. O prefeito levantou-se do meio da plateia, e ia subin-

do no palco. Certamente discursaria, até alguém do cerimonial indicar-lhe o lugar do júri. Decepção para o prefeito-júri, alívio para o prefeito-apresentador.

— *Esta mulher maravilhosa, diretora da Escola Estadual Euclides Figueiredo, querida por todos nós, Graça Fello...*

Aplausos. Ela levantou-se e desfilou até o lugar reservado, apresentando um penteado imenso, esquisito, provavelmente em homenagem às árvores da floresta; o vestido, preto e dourado, claro.

— *Este exemplo de dedicação, trabalho, bondade,* o *homem que ajudou a construir a nossa cidade, presidente da Câmara dos Vereadores, Mansur Manso...*

Aplausos para o grande herói da cidade, o sonho, o que deu certo, exemplo a ser seguido: do nada, ficou rico. Lotos, senas, loterias, bichos, quantos chegam lá? Contam-se nos dedos. Mansur Manso chegou. Palmas...

— E por fim, nosso convidado de honra... É, esse não precisa de apresentação. Ele, o único, o próprio, saído do estúdio da novela, o galã, Máário Gomeeees!!!

Anunciou em direção das torcidas das cidades vizinhas: "Temos um famoso..." Júlio se levantou, ainda perplexo, com Aríton e Guedes, guarda-costas. Mandou um aceno tímido para a multidão. Aplausos, gritos histéricos, gritos e aplausos. Alguns assovios no caminho. Papel picado e, enfim, depois de mais alguns gritos e aplausos, ele tomou o seu lugar.

— *E para apresentar o show, o grande Kid Dinidílson, leiloeiro oficial da nossa feira de gado...*

Subiu no palco o grande Kid, vestido de fraque branco, um chapéu na cabeça. Pegou o microfone com intimidade, agradeceu ao público e pediu música:

— *Que entrem as candidataaaaas!!*

Agora sim. As cortinas abertas, luzes piscando e, suspense,

começou. Entraram em fila de dois, vestidas de maiô, as candidatas a Miss Sul do Pará. De duas em duas, vinham até a frente do palco e faziam uma reverência à plateia, sorriso tatuado e mãos presas nas costas, como que algemadas. Davam uma viradela de estilo e saíam rebolando, passos de manequim, para o lado oposto do que vieram, quase trombando com a colega-inimiga. Umas quinze meninas, algemadas-manequim, algumas muito sem jeito: desengonçadas, desequilibrando-se nos saltos altos, exageradamente maquiadas, tímidas e cafonas. Uma tarefa difícil: como julgar? Número ímpar, mal planejado, pois a última candidata veio sozinha para a reverência, e não sabia para que lado voltar. Entrou em pânico, lembrou-se que estava sendo julgada, e mais pânico: pôs a mão no rosto de vergonha. A plateia torcia, tentando ajudá-la:

— Pra lá!

— Vai, menina, vai!

Inútil. Dona Graça destampou a caneta e fez anotações na planilha. Júlio imitou. Uma candidata praticamente eliminada, quesito indecisão. Finalmente foi-se, não para os bastidores. Desceu a escada, passou por toda a multidão e foi embora, chorando. O apresentador, levantando a peteca, como que leiloando uma vaca, foi chamando de uma em uma, ordem alfabética:

— *Adrianaaaaa. Adriana é bela, é jeitosa, bonita candidata de Tucuruí, do rio Tocantins, vejam, vejam, Adriana, caminhando leve, jeitosa, o encanto de Tucuruí...*

O protocolo era ir até a frente do palco, mostrar os dotes em viradas e poses, com as mãos algemadas, e responder a quatro perguntas do apresentador; as mesmas perguntas para todas. Eu, ajudando Júlio com os papéis:

— Que nota dou pra simpatia?
— Sete.
— OK, sete. E quadril?
— Não sei, talvez oito?
— Oito é muito.
— Então sete.
— Sete e meio.
— Sete e meio é bom.
— E busto?
— Você gosta de peito grande ou pequeno?
— Qual é? Todos preferem os grandes...
— Eu prefiro os pequenos: são mais sensíveis.
— Então sete para o peito.
— É pouco.
— Sete e meio.
— Fechado.
— *Livro preferido, preferidooooo?*
— *A Bíblia.*
— *Filme preferido, preferidooooo?*
— ET.
— *Ator preferidooooo?*
— *Mário Gomes.*
— *O que é ser Miss Sul do Pará?*
— *Representar as mulheres do Pará. Mostrar ao mundo a nossa beleza...*
Aplausos.
— *Mui, mui, muito bem. Que entre agora a representante de Marabáááááá...*
Entrou.
— *Lá vem ela. Ela é bonita, ela rebola, tem a sua garra, quer vencer, ela é...*

— Raimunda!!
Alguém da plateia. Risos, vaias-shhh!
— Eu daria oito.
— Imagine! Seis! — Júlio, já à vontade; um jurado.
Na oitava candidata, o apresentador, enjoado das mesmas perguntas, decidiu improvisar:
— *A coisa mais importante do mundo?*
Ela não tinha esse script. "Por que comigo?! Fez as mesmas perguntas para as outras e comigo mudou!" Minutos de suspense. Irá conseguir? "Eu vou responder. Lutei muito para estar aqui!"
— *Pra mim, a coisa mais importante do mundo é... a liberdade.*
Comoção. A plateia veio abaixo. Aplausos até do apresentador. *Já* tínhamos uma favorita.
Finalmente, após terem sido apresentadas e interrogadas, as candidatas entraram novamente, de uma em uma, vestidas com a roupa "típica", dançando a música preferida e parando quando a música parasse, na posição em que estivessem, fosse com os braços levantados, pernas para trás, ou de joelhos; coisa extremamente mal pensada, pois, quando entrou a última, a primeira e a segunda já estavam com braços e pernas tremendo da posição em que tiveram de ficar.
Não tinham mais o que fazer. Repetiram tudo de novo. A plateia se entediou; começaram as piadinhas:
— Onde está a cara dela?
— Esta daí dá um excelente abajur.
Foram recolhidas as notas. Enquanto faziam as contas, o apresentador chamou ao palco Dona Mundo, que foi a que mais aplausos ganhou da plateia. Dona Mundo era uma recordista vaca leiteira: "Sessenta e cinco litros por dia!" Entrou enfeitada com flores, um chapéu de palha na cabeça, um brinco na

orelha e uma elegância no andar de dar inveja a algumas das candidatas.
Júlio dava autógrafos, contava o fim da novela, tirava fotos ao lado de fãs-que-vieram-de-longe-só-para-vê-lo, e pedia desculpas por não poder ficar mais tempo em São Félix, recusando jantares que pais ofereciam para conhecer suas admiráveis-filhas-solteiras.
Enfim, a contabilidade foi feita. Anunciaram a terceira colocada, que correu em passos de ganso, agradeceu a honra e foi aplaudida. Idem quando anunciaram a segunda colocada. Suspense. O apresentador contou uma piada sobre um pescador de Manaus (velha rivalidade interestadual). Fez charme, até anunciar a primeira colocada, Miss Sul do Pará. Era a "favorita", cartas marcadas. Por algum motivo, todas as outras correram na direção da eleita, que, emocionada, ganhou um maço de flores, uma capa e faixa, andou pelo palco dando tchauzinhos e beijinhos, quando algum rebu começou na plateia. Pensei que fosse briga de cidade contra cidade. Todos em pé, não se via direito o que acontecia. Um corredor humano, e uma figura alta vindo em nossa direção. Parou na frente de Júlio e perguntou:
— O que vocês estão fazendo?!
Era Mário Gomes, em carne e osso, o verdadeiro! Chegou atrasado, mas veio. No início, espanto. Depois, aos poucos, uma água no fogo: primeira bolha, segunda, até tudo ferver. Vaias.
O prefeito tentou:
— *Vejam! Trouxemos dois Mário Gomes! Dois!!*
— Anula!!
Enquanto a água transbordava, alguns debatiam: "Quem é o verdadeiro?" "O primeiro, claro." Impasse. Júlio, frente a frente com o sósia, parecia frustrado por não poder continuar sendo quem não era. Aríton e Guedes resolveram dar um fim e foram tirando Júlio de cena.

São Félix foi dormir naquela noite sem uma miss e sem respostas para: "Quem era o verdadeiro?" Muita emoção para uma cidade que pretendia ser aceita no conceito "cidade", ter as suas ruas asfaltadas, os seus "shopingues", os seus ricos, ser igual à das grandes novelas, ter até as suas misses, mas que nunca deixaria de ser apenas uma cidade do Xingu, dominada pelo fator amazônico.

Sozinho, no meu quarto, ouvia os gritos dos insistentes à porta do hotel: "LINCHA!!" A TV fora do ar, poucos gritos agora. "LINCHA!" E nenhum interesse em nada, num quarto de hotel da cidade de merda.

— *Senhor, sua ligação pra Paris. Pode falar...*
Tratamento de choque:
— Alô?...
Nada.
— *Está me ouvindo? Alô?...*
Nada.
— *Excusez-moi. Je peux parler à Bia?...*
— *Eu estou ouvindo, Fred.*
— *É você?*
— *Pode falar...*
Em bom som, como se estivesse na esquina, me ouvindo todo o tempo. Sai de dentro de mim! Fale:
— *Como está?*
— *O que você acha?*
— *Está bem?*
— *Estou indo. E você?*
— *Quando você volta?*
— *Não sei, Fred. Acabei de chegar.*
— *Adivinha onde estou?*
— *Não tenho a menor ideia.*

— *Adivinha?...*
Silêncio.
— *O que você quer?*
O que eu quero?
— *Quero que você volte.*
— *Agora não, Fred.*
— *Por que não?*
Silêncio.
— *Acabei de chegar. Preciso ficar aqui, pelo menos por uns tempos.*
— *Eu estou com Júlio.*
— *O que vocês estão fazendo?*
— *Vamos buscar Zaldo.*
— *Você também...*
— *Por que essa voz?*
— *Fred, aqui são seis da manhã, eu estou cansada, depois a gente se fala. Eu não tenho nada pra dizer agora. Fica calmo e depois a gente se fala, ouviu?*
— *Vocês brigaram, foi?*
— *Foi.*
— *Por quê?*
— *Agora não. Depois a gente se fala...*
— *Quando você volta?*
— *Eu já disse, não sei.*
— *Tudo bem. Fica bem aí. Descansa. Viaja bastante...*
— *Você também. Fica calmo. Promete?*
— *Prometo.*
— *Fred?*
— *Fala.*
— *É bom ouvir a sua voz.*
— *É bom ouvir a sua também.*
— *Fala mais um pouco.*
— *Não me vem nada agora.*

— *Como ele está?*
— *Está ótimo.*
Silêncio.
— *Não fala que você me ligou. Não fala nada... Onde vocês estão afinal?*
— *Em nenhum lugar.*
Um só insistente "Lincha!".
— *Olha, se cuida. Já, já, eu volto.*
— *Pode deixar.*
— *Obrigado por ter ligado.*
— *Gostou?*
— *Liga mais vezes.*
— *Não sei se vai dar.*
— *Por que não?*
— *Estamos indo pra Roraima.*
— *Ah... Então boa sorte.*
— *Um beijo.*
— *Não desliga não.*
— *Um beijo enorme.*
— *Outro maior.*
— *Eu tenho que desligar.*
— *Tchau.*
— *Tchau...*

E Deus se fez homem para que o homem se tornasse Deus.

— Bom dia. Eu tenho uma ligação a pagar...
— ... Já foi paga.
— Como já foi paga?
— A conta toda foi paga, agora há pouco.
— Pelo Exército?
— Não, pelo seu Júlio. Acordou cedo, conferiu a conta e foi pro aeroporto. Ficou até surpreso. Nós fizemos a ligação pro

senhor, não fizemos? Vocês pensam que estão no fim do mundo? Mas o senhor falou com Paris, não falou?
Falei.

Da janela do Bandeirante, algumas clareiras-pastos-devastados entre florestas densas e rios e lagos que refletiam o céu, como cacos de um espelho quebrado, onde as estradas se cruzam sem definição, e você pode ir para todos os lugares, ou para lugar nenhum.

Santarém. Rios: o verde Tapajós em briga com o barrento Amazonas. Escala técnica e Júlio, do lado oposto. O quanto você sabe? Me surpreende não ter ainda partido pra cima. Demonstra ter coragem. Ganha pontos na guerra de nervos. Ou é um grande estrategista, ou um grande bosta. Paciente é, e muito.

Balbina, a represa da morte. Cenário certo para um duelo, crime passional; quer sangue! Mas nada. Civilidade. Orgulho. Sua paciência está me matando, Júlio...
No ar, novamente, já há horas e horas viajando, furando o céu de Roraima, e começou, pouco a pouco: a vista deu adeus, foi se apagando, como se pintassem por fora as janelas do avião, um cinza, depois marrom, até de repente não se ver mais nada. Não era neblina, cerração ou nuvem: era outra coisa. Percebia-se que o piloto mal e mal enxergava o caminho: voo cego. Uma voz rangida pelo rádio, ininteligível, a voz do controlador de voo. Diálogo-jargão-aeronáutico. Silêncio e tensão. Finalmente as manobras: estávamos dando voltas. Júlio, impaciente, foi até a cabine:
— O que acontece?
— Estamos sobrevoando Palimiú.
— Vai me dizer que está fechado? — Júlio.
— Você vê alguma coisa? — o piloto.

— Por que não desce mais? Quem sabe vemos a pista.
O piloto soltou o manche; preparou para sacar.
— Você quer pilotar? Então pilota! — levantou-se do assento. — Vem, pode pilotar: o avião é todo seu.
— Quer fazer o favor de pôr esse avião no chão! — Júlio, dando uma paralela.
— Então volta para o seu lugar! OK?! Volta e me deixa trabalhar! — o piloto, um smash, indefensável.
Agora sim, ele iria pousar. Orgulho ferido é a cobra engolida viva que quer sair. O piloto:
— OK, apertem os cintos e coloquem a cabeça nos joelhos. Nós vamos descer...
Como se pilotasse um avião de caça, começou a fazer manobras bruscas, acelerando e desacelerando.
— Nós vamos descer... — repetia, tentando se convencer disso.
A voz que vinha do rádio parecia nervosa, desaconselhando o pouso. Da janela, nuvem de fumaça tapando a visão. Peguei a minha Bíblia e segurei forte; era uma Bíblia, afinal.
Finalmente abaixou o bico, abriu os flapes e começamos a descer, descer... Terra à vista, a metros do chão, e copas das árvores rentes às asas. O trem de pouso bateu na pista num baque. O avião pendeu para o lado, sobrevoou mais uns metros e desceu com tudo. Fez-se a inversão das hélices, e toda a estrutura do Bandeirante tremeu, como se os arrebites e as chapas de aço fossem se soltar. Mas foi parando. Olhei pela janela e fumaça por toda parte. Algumas pessoas correndo. Um jipe a toda, ao nosso lado, nos acompanhando até o final da pista.
O avião parou. O piloto desligou os motores e virou-se para Júlio, com um olhar de primeiro do ranking:
— Bem-vindo a Palimiú!

A vocês é concedido
Conhecer os mistérios do reino dos céus:
A eles, não.

Abriu-se a porta do avião e logo algumas pessoas tentaram pular para dentro. Outras surgiram correndo, gritando com as mãos espalmadas, oferecendo ouro, latas e vidros com pó de ouro pela viagem. Lenços cobriam narizes e bocas, protegendo-os da fumaça:

— Me tirem daqui!

Mais e mais vinham correndo, trazendo malas e sacos e as mãos espalmadas:

— É ouro! Ouro!

— Deixa eu ir!

Nos rostos, cobertos por terra e panos, apenas os olhos, duas bolas de fogo, sangue. Aríton e Guedes postaram-se na porta empurrando quem tentasse entrar. Logo os meus olhos começaram a sentir a fumaça. Irritados, lacrimejaram. Estava muito quente e tossíamos e gritávamos. Começaram a se esmurrar, agarrados à porta. O jipe do Exército deu tiros para o alto, o que só piorou:

— Me tirem daqui!

Soldados surgiram do nada e tentaram fazer uma barreira para proteger o avião. Alguém confiável gritou:

— Venham! Por aqui!

Pulamos para a pista e, empurrando quem estivesse na frente, eu, Carmem e Júlio chegamos ao jipe.

— Senta atrás! Atrás!

Obedecemos, e o motorista arrancou, buzinando e desviando-se de mais pessoas que surgiam do nada, correndo às cegas, como se aquele avião fosse a porta de saída do inferno.

— Agora é cinza! Cinza, cara! — o motorista para o sargento ao lado. — De manhã é vermelho, depois azul, depois cinza! Quase um arco-íris...

O sargento virou-se para nós:

— Há quatro dias que está assim. Ninguém sabe o que é. Já viram coisa parecida?

— É lindo! — o motorista.
— Quando amanhece, a fumaça é vermelha. Quando escurece, é quase preta. Este cheiro horrível bota todo mundo louco! E ninguém pode fugir. Há quatro dias que não pousa nem decola nenhum avião. Vocês foram os primeiros. Que piloto, hein? Que piloto!
O motorista teve de fazer uma manobra rápida para não atropelar um sujeito caído. Vários aviões pequenos, estacionados na margem da pista, cobertos por lonas de plástico.
— São garimpeiros. Estão desesperados! Não dá pra fugir. Ela está em toda parte...
Entramos na mata, por uma estrada onde soldados sem camisa e com pás nas mãos trabalhavam.
— Tem alguém da Funai por aqui? — Júlio.
— Acho que não.
— Eu queria falar com eles.
— Não conheço ninguém.
— Mas isso não é um posto da Funai?
— É. Mas eles não ficam aqui. Devem estar no garimpo, como todos...
Chegamos num descampado, com barracas de campanha, construções de madeira e palha, mantimentos espalhados, jipes do Exército, e um barracão de madeira: improviso.

2º PELOTÃO ESPECIAL DE FRONTEIRA

O motorista estacionou em frente ao barracão. O sargento desceu rápido:
— Esperem aqui.
E entrou. Soldados em fila faziam exercícios, direita, esquerda, marche! Aquele que errasse era tirado da fila e obrigado a fazer flexões. Eram jovens, cara de índio, carregando mochi-

las pesadas, sob o comando de direita, esquerda, marche! Uma onça, acorrentada numa árvore. Pensei que fosse empalhada, pois não se mexia. Mas estava viva, respirando, indiferente. O sargento voltou:

— Venham, podem vir. O general está em instrução. Enquanto isso, podem esperar lá dentro.

Entramos. Alguns soldados, atrás de mesas, levantaram-se e bateram continência para o sargento. Nos deixou na última mesa, ofereceu-nos água e café:

— Fiquem à vontade.

Saiu. Ficamos teoricamente à vontade.

Um, dois...
TRÊS, QUATRO!
Um, dois...
TRÊS, QUATRO!

Cada vez mais longe de casa, cada vez mais perto dele. Júlio, eu evitava. A onça imóvel, a floresta sob uma nuvem cinza e gritos:

Um, dois...
TRÊS, QUATRO!

Os soldados não conseguiam trabalhar: sentiam a nossa presença, falavam entre eles, olhares, apontando discretamente para Júlio e, delícia geral, Carmem, que se mostrava impaciente, examinando os mapas pendurados e os papéis sobre a mesa, sem que ninguém a impedisse de desvendar os segredos militares que aqueles papéis poderiam esconder. Alguns troféus e menções honrosas para o campeão de tiro ao alvo, o general Barata, nosso Hollywood. Numa estante, rifles sofisticados, com miras telescópicas; um especialista. Os soldados se levantaram e bateram continência para um capitão que, após nos cumprimentar, serviu-se de café:

— Capitão Borlas...

— Muito prazer — em coro.

— Como conseguiram? Há dias que não desce nenhum avião.

— Era um piloto e tanto — Júlio reconheceu.

— Não é incrível? Ninguém sabe o que é, e nem os satélites detectam. Só nós podemos sentir essa fumaça.

— Como começou? — eu, o jornalista.

— Surgiu de repente. Pensamos que fosse alguma queimada. Mas demos buscas e não vimos nada. Aqui, estamos protegidos pelas árvores. Mas num campo aberto é insuportável: alguns têm enjoos, irrita os olhos, a garganta. É aflitivo: ser cercado por fumaça. Amanhã, se não melhorar, vamos levantar acampamento, levar tudo isso de helicóptero, já pensou? Estamos em treinamento: sobrevivência na selva e antiguerrilha. Esta época do ano é dedicada aos exercícios, Exército e Aeronáutica. Vocês repararam que isto não é uma base, é um acampamento. É a primeira vez na Amazônia?

— É — Júlio.

— E o que está achando?

— É cedo ainda.

— E sempre vai ser... Já estou servindo aqui há quase vinte anos. Mesmo com toda a minha experiência, não sei nada sobre a Amazônia. Experiência aqui vale para um lugar, pro outro não vale. Olhando de longe, pode parecer tudo igual. Mas cada pedaço é um mundo novo. Não saio daqui por nada deste mundo. Conhecem a perimetral Norte?

— Já ouvimos falar — Carmem.

— Fomos nós quem a fizemos. As empreiteiras enriqueceram construindo os trechos fáceis. O Batalhão de Engenharia e

Construção fez os trechos que não interessavam a elas. Quatro mil, setecentos e sessenta quilômetros, sabe o que é isso? Nós fizemos. E pensa que foi fácil? Com a chuva, os pântanos, esta umidade que enferruja até a urina. Tínhamos de levantar a estrada três metros acima do nível, sem cascalho! Alguém sabe disso? E pra quê? Valeu o esforço?

Ele mesmo respondeu:

— Claro que não! Está lá, abandonada, entregue à erosão, a floresta dominando tudo...

Capitão Borlas ficou por instantes nos examinando, perguntando à sua consciência se deveria falar ou não. Na dúvida, falou. Com a minha modesta experiência, era a primeira vez que ouvia um militar falar abertamente. E o inusitado fez de nós ouvintes atentos:

— Ainda tenho a foto do ex-presidente general Médici dando início à construção da estrada, em Porto Grande, Macapá. Um dia histórico: a banda tocando "Ninguém segura a juventude do Brasil..." Lembram-se desta música? Pois é, um tratorista deu a partida no motor e, bruuum, derrubou uma árvore de uns quarenta metros. A comitiva aplaudiu e a banda começou: "Pra frente Brasil, Brasil..." Lembram-se dessa?

Olhou para os lados, arrastou a sua cadeira até mais perto e, para que só nós pudéssemos ouvi-lo:

— Aquele presidente era o meu herói. Eu seria o primeiro a pegar em armas caso fosse convocado. Teve uma morte doída, apodrecendo de câncer.

Respirou fundo, enxugou a testa e, novamente, dúvida. Mas voltou a falar:

— Quantos soldados eu vi morrer, na minha frente, por causa dessa estrada do inferno? Quantos índios? Os waiãpi, os uayana, os apalai, coitados, nunca tinham visto um trator. Até usamos os waiwai pra pacificar os waimiri-atroari...

Tinha índios que eram curiosos. Ouviam o barulho das máquinas e apareciam de mansinho, desconfiados. Me lembro de ter visto um deles sendo decepado pela hélice de um helicóptero; não resistiu à tentação e chegou perto demais. A cada quilômetro um soldado adoecia. Arbovírus de que ninguém nunca tinha ouvido falar. Febre Negra, que faz você vomitar um negócio pastoso, negro; em vinte e quatro horas morre e o corpo fica duro, como um pau. Usamos até Tordon! Sabem o que é Tordon? Nunca viram nos filmes americanos? É um desfolhante químico, da Guerra do Vietnã... Não adiantou nada. É a estrada que liga lugar nenhum a nenhum lugar; se perde no meio da floresta, como uma surucucu sem cabeça. O que foi que saiu errado? Eu não sei, estou há muito tempo trancado pela Amazônia. Daqui, não se enxerga bem o que acontece. Essa estrada está engasgada na minha garganta. Tenho vontade de enfiar pela goela do cadáver do Médici!

Raiva. Tomou outro cafezinho, andou até o mapa e quase que viu a estrada desenhada. Apenas uma linha pontilhada. Legenda: "rodovia planejada."

— Já viram isto? — apontou para o mapa. — Eles planejam o que já foi feito... A natureza se vinga: joga fogo, joga cheias, joga fumaça, fumaça que o seu irmão previu...

Júlio deu um pulo na cadeira. Era a primeira pessoa que falava nele.

— Atenção!!

Os soldados se levantaram e a mão na testa; pedras. Capitão Borlas, com calma, abriu os braços, desculpando-se por ter de ir. Enquanto entrava por uma porta o general Hollywood, com um séquito de suboficiais, e Guedes entre eles, o capitão foi saindo pela outra.

— Sentido!!

Era ele, o mais bonito, com uns óculos de motoqueiro no rosto, o que ampliava os seus olhos várias vezes, vestindo um uniforme impecável, condecorações penduradas e, nos pés, botas brancas! General Hollywood:

— Sentem-se, sentem-se. Que baderna, hein? Parece dia de golpe... Quase quebraram o avião. Mas é assim mesmo, nossa vida é uma aventura diária.

Tirou os óculos e, enquanto se servia de café, o tenente Osório fazia as apresentações. O general mais bonito do Exército mandou um aceno a cada um de nós. Quase derrubou o café quando lhe apresentaram Carmem. Dispensou o tenente, chamou Guedes para se sentar conosco e começou a falar:

— Devem estar cansados da viagem.

— Um pouco — Júlio, nosso porta-voz.

— Tenho acompanhado vocês de longe. Infelizmente tiveram de dar um passeio e tanto para chegarem aqui. Aliás, quando voltarem, avisem lá em Brasília que precisamos de estradas, rodovias. Vocês viram: uma fumaça de nada aterroriza os garimpeiros, que a única coisa que nos pedem é para deixá-los trabalhar. Mas os ecologistas não querem: preferem transformar a Amazônia num imenso horto florestal...

Sentou-se "informalmente" sobre a mesa e cruzou as pernas, colocando as botas brancas em primeiro plano:

— A economia brasileira não pode ser guiada por impulsos românticos...

Falou o "românticos" entre os dentes, quase-sussurro, erguendo o queixo e sorrindo.

— Esses índios não deveriam ficar confinados nas reservas demarcadas. Seria mais válido integrá-los ao país, tornando-os brasileiros. O Brasil precisa deles. E eles querem sair, comprar jeans, relógios, óculos escuros e uma TV Panasonic. A cultura deles é baixíssima e não é respeitável...

Começou a passar a mão nas botas brancas.
— Tanto ouro para ser descoberto. Ouro, bauxita, diamante, cassiterita, tanta madeira que vale uma fortuna... Deixem essa gente explorá-la, não é verdade?
— Não — Carmem.
Silêncio. Havia muito que o general não era contestado. Perdeu a linha de raciocínio. Só foi capaz de dizer:
— Pelos seus belos olhos azuis está perdoada.
E riu, dando um tapinha nas botas. O séquito, tenso.
— Não quero que me trate diferente pela cor dos meus olhos...
— ... Eu conheço a sua posição — o general a interrompeu.
— É muito bonita e segura de si. Mas não viu o que eu vi. Pergunte a essa gente o que eles querem. Eu faço um desafio, pergunte! Querem estradas, asfalto, terras para o cultivo. Querem hidrelétricas, querem o progresso. Não viram isso em São Félix?!
E olhou para todos no barracão em busca de apoio. Mas o séquito, duro, medo.
— General? Afinal, o que estamos fazendo aqui? — Júlio. Pronto. Ia começar...
— Precisamos combinar o resgate do seu irmão.
— Mas pra isso tivemos de vir até aqui?!
O general se levantou e ficou um tempo sem ação. Todos ergueram os olhos temendo um grito, ou esperando a próxima ordem. Ele levantou os braços:
— Não estão gostando?
— General, nós temos pressa, não podemos perder muito tempo — Júlio, de um jeito paternal.
— Pois a calma é aliada da perfeição, não é isso? Existem detalhes que precisam ser tratados. Não se preocupem, somos estrategistas, sabemos como entrar nessa floresta. Portanto, calma...

Olhou para trás e fez um sinal para que todos saíssem. Só ficaram o tenente Osório e Guedes.

— Querem um café?

— Não, obrigado — em coro.

— Então vamos ser objetivos. Tenente?

— Daqui, pegarão um helicóptero até Jundiá e, de lá, um barco até a fronteira...

— ... Talvez não tenhamos tempo para outra conversa. Portanto, prestem bem atenção — o general. — Andei pensando bem no assunto, mas nem mesmo eu sei como devem se comportar.

— Vamos chegar como novos adeptos, sem causar nenhuma suspeita — Guedes. — Daremos um tempo, estudamos a geografia do lugar, os seus hábitos e os pontos fracos. Nem mesmo Zaldo deve saber o motivo da nossa ida.

Pausa. Percebi que Guedes era o cabeça e começava a se irritar com o general, que, estranhando a pausa do policial, pediu:

— Continue, estou gostando...

— Júlio deve fazer contato com ele, não para convencê-lo, mas para conhecer a sua rotina, e depois nos passar os dados. Soubemos que Zaldo tem uma forte segurança ao redor: índios com flechas com curare e rifles automáticos. Nós ficaremos em contato, mas não no mesmo lugar, pra não criarmos suspeitas...

— Aí eu já não gosto — o general andou ao redor, fez suspense e disse: — É melhor ficarem juntos, um ajudando o outro, e defendendo-se se for necessário; sabe-se lá o que vai acontecer...

— É. Talvez tenha razão — reconheceu Guedes.

— Como vamos subir o rio? — Júlio.

— Um guia levará vocês. Já está em Jundiá — o general. — É um índio que contatamos em Boa Vista. Aviso que tomem cuidado: é um adepto e não sabe do nosso plano. É um índio ajuricaba, considerados "os senhores dos rios". Conhecem cada rocha e igarapé dos rios Catrimani e Demini. Muitos índios e barqueiros fazem ponto, no cais de Boa Vista ou de Ataúba, oferecendo-se para levar os fiéis que chegam de todo o país. São os únicos que sabem o lugar exato onde está a comunidade. Me parece que têm a permissão do próprio Zaldo para conduzir novos adeptos. Não cobram dinheiro. Fazem isso porque gostam de Zaldo. Portanto, sejam discretos e façam-no crer que são apenas novos adeptos.

— Quanto tempo levará para chegarmos? — Júlio.

— Perto de dois dias — o general.

— E como vamos sair de lá? — Carmem.

— Deixem isso conosco. Vocês terão um rádio para se comunicar. Têm prioridade. Amanhã levantaremos acampamento e iremos para Toototobi, bem perto de onde vocês estarão. Vamos fingir que estamos em treinamento, como aqui. Mas estaremos de olho em vocês.

— Não seria melhor alguém da Funai ir conosco? — Júlio.

— Pra quê? — o general.

— Alguém que conheça os índios. Alguém que fale a língua deles.

— E você acha que os índios falam a mesma língua?

— Não sei, general. Talvez um antropólogo.

— De jeito nenhum. Essas pessoas nos dão muito trabalho. É melhor ficarem longe delas.

— Como posso fotografar se ninguém pode saber o motivo da viagem? — Carmem.

— Seja discreta — o general.

— Quanto tempo ficaremos lá? — eu.

— O tempo que for necessário — o general.

— E se nos descobrirem? — eu.

— Não vai acontecer — Guedes.

— E se acontecer? — eu.

— Não vai acontecer — o general. — Mais alguma pergunta?

Não, nenhuma. O general faria o discurso final:

— Bem, vocês vão viajar um bocado, dando voltas, para despistá-los. Mas, no final, tudo acabará bem. Há uma coisa que eu lhes peço: tragam Zaldo para onde estivermos. Jundiá, Surucueu, Toototobi, BV-8, Auaris, Maturacá, Ericó, qualquer das nossas bases. Estaremos acompanhando, de olho em vocês, mas tragam ele para nós, é fundamental para a sua segurança. Creio que posso dar por encerrada a reunião.
— Só mais uma pergunta, general — Carmem. — Por que o seu interesse? Por que todo esse trabalho?
— Eu sou um general. Posso ser rude, mandão, mas tenho os meus sentimentos. Gosto de ajudar. Se não gostasse, não comandaria uma tropa de quase mil homens. A imagem de um general mete medo. Mas, como dizem por aí, quanto mais forte for o tronco, mais perfume terá a flor.

RÁDIO NACIONAL DE BRASÍLIA INFORMA.

Uma fumaça preta, vertical, no meio do cinza. O pequeno Cessna 206 pegava fogo; era dele a fumaça, o chamado "cavalo da floresta", que pousa em qualquer pista. Não me dei o trabalho de perguntar quantos mortos e feridos. O avião tentou pousar, bateu com a asa numa árvore e explodiu na pista, o que só aumentou a confusão. Eu precisava sair do inferno!

O PASSADIO ENTRA PELO TROMBETAS. ATENÇÃO AMAZONENSES. O NAVIO-HOSPITAL ACABA DE ATRACAR NO PORTO DE TROMBETAS. DEPOIS, VOLTA PARA ORIXIMANA...

— Poderiam ir de carro. É aqui do lado. Mas vão ter de usar um helicóptero. Não é o fim?! Queremos estradas. Avise isso em Brasília... — o general, ajudando-nos com a bagagem.

Apertou a mão de cada um e mais demoradamente a de Carmem: — Boa sorte. Não se esqueçam de nós.
O barulho do helicóptero chamou a atenção. As hélices começaram a girar e eles vieram correndo, com as mãos abertas e vidros e latas com o pó brilhando: "Me tirem daqui!"
— Fora! Fora!
— Fecha esta porta, Joe, fecha logo!
— Emperrou!
A rotação das hélices aumentou. A vibração era grande, e o barulho, ensurdecedor. Os loucos jogavam as suas sacolas pra dentro do helicóptero, para depois se apoiarem na porta, tentando a todo custo entrar. Até o tal Joe conseguir finalmente fechar. Bateu continência para o homem de óculos de motoqueiro e botas brancas, que acenava com a aparente calma da floresta, sem se importar com o vento, a fumaça e os loucos atirando-se no helicóptero.
— Fora!!
E subimos, entrando no cinza, mundo sem cor, sem saber onde estávamos e para onde íamos.

Jundiá é uma serra, uma densa floresta incrustada em território ianomâmi. Não estava coberta pela fumaça, nem havia garimpeiros acampados. É um antigo posto da Funai. Hoje, uma base do Projeto Calha Norte, cujas construções de madeira lembram um Forte Apache. Para os ideólogos da doutrina da segurança nacional, Jundiá é a ponta da lança, pioneirismo: ocupar a fronteira amazônica com bases aéreas que protegeriam o "nosso território" — "fronteira viva", conceito criado pelos geopolíticos, para quem uma fronteira só é segura se ocupada por cidadãos com carteira de identidade. Já para os escalões inferiores, aqueles que enfrentam o dia a dia de um cu de judas, Jundiá era um castigo silencioso. Não havia estradas, e a cidade mais perto ficava a três dias de barco. O comandante da base nos recebeu com demasiada alegria: se encontrava no delírio característico dos isolados na mata que, assim que encontram alguém de fora, desandam a falar sem parar:

— Aqui somos obrigados a pensar, pensar em tudo, no passado, no futuro. Fui treinado a vida toda para agir sob pressão. Não sei pensar. Setenta soldados pra defender uma reserva estimada em dois bilhões de dólares de cassiterita. Cada soldado é responsável por vinte e oito milhões e quinhentos mil dólares, já imaginou? Se cada um deles trabalhasse mais que mil anos, não ganharia isso com o salário que recebe. E ainda defendemos estes pobres coitados que nem sabem o que é dólar... — apontou para uns índios em festa com a nossa chegada.

Caminhamos por entre as instalações do campo, sendo apresentados aos suboficiais, às enfermeiras da Funai, ao chefe do posto, ao *xamã* da aldeia vizinha e a muitos índios curiosos que se aproximaram. As índias, com peitos caídos, barrigudas, vestidas com tangas de algodão ou camisetas. Os índios, com o pinto preso na barriga por uma cordinha; outros, de calção de futebol. Sorriam, coçavam-se e pediam cigarros; um porte vulnerável, doente. O comandante queria nos mostrar a aldeia, a uns quinhentos metros dali. Os cachorros latiam sem parar. Uma criança segurou a mão de Carmem e não largou mais. Todos falavam ao mesmo tempo, pediam um monte de coisas, era difícil... Acabamos indo pra aldeia, o que aumentou a festa. Uns corriam a frente, provavelmente para avisar da nossa chegada. Carmem foi cercada por várias crianças, cada uma puxava-a para um lado. Ficou pelo caminho brincando com elas. Um garotinho, barrigudo, com o peito todo pintado, olhar compenetrado, varetas na bochecha e um grande colar de miçangas ao redor do pescoço, não saiu do meu lado em nenhum momento.

Na aldeia, fomos apresentados a outros índios e entramos numa grande maloca, onde alguns homens, deitados em redes, rostos e peitos pintados de preto e vermelho, vigiavam uma fogueira que cozinhava banana e milho. Num canto, uma mulher muito branca, Anna Zacha, missionária italiana, que disse viver há mais de quinze anos entre os ianomâmi, aplicava uma injeção numa índia velha.

PLAY-REC.

— São muito vaidosos. Os homens mais que as mulheres. Muitas teses dizem que os ianomâmi são um povo violento. Você vê algum assassino por aqui? São dóceis, ingênuos. Os uaicá, que moram aqui perto, sim, são bravos. Na língua dos ianomâmi, uaicá significa "matador". Moram nas montanhas e ai de quem se aproximar: eles têm o veneno para flechas mais poderoso... São doidos de dar dó. Aspiram um pó alucinógeno, epena; um sopra no nariz do outro, por um bambu. E cantam e dançam e xingam os homens que vivem nas outras montanhas, desafiando-os para uma briga. É uma droga forte, diferente do iagê. Conhecem o iagê?

— Não.

— A mesma coisa que ayahuasca.

— Já ouvi falar — eu.

— Já tomou?

— Não.

— Nem deve. Não faz muito bem. É coisa dos incas, pros índios tomarem. Soube que tem muita gente tomando isso lá no Sul. Adeptos do Santo Daime. É um contrassenso: um seringueiro cria uma seita que fala em Deus, em Nossa Senhora, e depois tomam a droga para terem visões, curas. Imagine só, mais da metade da população de Rondônia e Acre é adepta.

Até aí, dá pra entender. Mas vocês, lá de São Paulo?! Não precisam ficar tomando essa coisa de louco... Esses aqui, coitados, daqui a pouco nem piolho eles vão matar. Estão sem forças. Eu, ficando velha, cansada e mal-humorada. Ou as coisas melhoram, ou volto pra casa. Há quinze anos, as coisas só pioram. Nem sei o que estou fazendo aqui...

A sua irritação divertia a índia velha.

— Eles poderiam resistir. Os *Mubra* resistiram, lá por 1700. Declararam guerra contra os europeus e fecharam por muitos anos o rio Madeira. Sessenta mil guerreiros contra a armada inglesa e portuguesa. Ninguém passava pelo rio. Até que foram vencidos, claro. Hoje, não restam mais que mil descendentes diretos dos *Mubra.* Valeu a pena? Pelo menos sobraram uns mil. Esses aqui, não vai sobrar nenhum. Aproveitem, será a última vez que vão vê-los... Que morram logo, assim eu vou embora mais rápido!

E a índia velha ria...

— Ah, paciência!

E saiu. Acompanhamos.

— Eu odeio esses índios. Me fazem sofrer muito. Eu vou me aposentar, voltar pra Itália e esquecer tudo o que vi. Você está gravando?!

— É pruma matéria pro meu jornal.

— É necessário?

— É o meu método.

— Mas eu sou estrangeira e isso pode ser usado contra mim. Estrangeiros não podem interferir em assuntos internos aqui no Brasil.

— Eu não vou usar isso contra a senhora.

— Conheço muitas pessoas que gostariam de me ver longe daqui. Não sabe que a região está fechada pelo Exército? Vivem me ameaçando. Eu amo esses índios. Não posso sair de Roraima. Eles precisam de mim.

— Tudo bem, se é assim que você quer...
STOP.
O meu pequeno ianomâmi descobriu o gravador e ficou examinando. Tomou um susto quando apertou o play e ouviu a música que estava gravada:

"LENÇÓIS TEM UM REI,
É A ÚNICA ILHA QUE TEM..."

— O seu irmão está deixando muitas pessoas nervosas. Ele é louco, é? — Anna, para Júlio.
— Conhece ele? — perguntou, surpreso.
O comandante da base deu um sorriso: "Quem não conhece..."
— Muitos índios estão se juntando a ele — Anna.
— E acreditam que seja Deus? — perguntei.
— Claro que não! — respondeu irritada. — Se alguém aparecesse na frente dos índios e lhes dissesse que era Deus, não iriam dar bola; seria apenas mais um louco. Não existe nada parecido na cultura deles. No entanto, se aparecer alguém que os oriente, e que proponha proteger o seu povo, vingando-se dos agressores, mandando-lhes doença e loucura, aí sim, vão segui-lo, como seguiram o Villas-Boas, a quem chamavam de "o grande pai". Assim como Zaldo, existem muitos por aí.
— Quantos índios são? — perguntei.
— Você quer números? Esqueça os números. Aqui, isso não tem importância. Aqui, ou é pouco, ou é muito.
— É pouco ou muito?
— Não sei. E a cada dia chegam mais, de toda parte.
— Ele está bem? — Júlio, preocupado.
— Você acha que alguém que deposita toda a esperança em si mesmo está bem?
— Jesus Cristo não era o Messias?

— É diferente — Anna.
— É a mesma coisa.
— Claro que não, ora! Jesus era um profeta, falava de imagens lindas que tocavam as pessoas. Talvez nunca tenha existido e seja uma entidade imaginária, um sentimento, um símbolo de resistência.
— Como Zaldo.
— Não tem nada a ver! Era o filho de um carpinteiro, igual ao seu povo, que teve uma visão e passou a sua experiência para os que estavam em busca da salvação. Zaldo não nasceu aqui, não conhece nada e, eu não tenho certeza, mas me disseram que ele se diz o único, a própria salvação.
— Você já o viu? — Júlio.
— Não.

"LENÇÓIS TEM UM REI,
É A ÚNICA ILHA QUE TEM..."

O menino apertara o play. Adorou.
— De quem é essa música? — Anna.
— Não sei. Já estava na fita. É do meu jornal.
— Conhece Lençóis?
— Nunca ouvi falar.
— Pois deveria. Conheço mais o Brasil que vocês. Lençóis é uma ilha, no Maranhão. O povo que mora nela acredita que o rei Sebastião voltará para libertá-los. Sei que vocês nunca ouviram falar, mas o rei Sebastião foi um monarca português, que sumiu em Marrocos, no século XVI. Seu pai, quando rei, morreu, e o tal Sebastião estava voltando pra casa, para assumir o trono, quando desapareceu. O reino caiu em desgraça. Portugal foi anexado pela Espanha. Muita perseguição, e até hoje existem pessoas que acreditam que ele vol-

tará para salvar o seu povo. É uma lenda comum, mas bonita, não acham? Em Lençóis, a terra é de todos, e tudo pertence ao protetor, guardião da beleza e integridade. O simples fato de existir um rei Sebastião faz eles viverem em equilíbrio: a degradação da natureza, por exemplo, provoca a ira do rei, que em vingança manda doença e loucura. Estão percebendo? Ora, é a mesma coisa para os índios! A mesma entidade, força espiritual que pune aquele que desrespeitar a ordem das coisas. Para muitos índios, doença é castigo, algo que está fora do indivíduo e que penetra como um encantamento, um espírito; sei que muitos antropólogos não pensam assim, mas eu penso. Talvez Lençóis não seja a única ilha que tem um rei...

— O barco já está pronto — o tenente Osório.

— Posso ir com vocês? — Anna. — Queria ouvir o que o seu irmão tem dito a esse povo...

— Não sei, seria arriscado? — Júlio, procurando com os olhos a opinião de Guedes, que se manifestou contrário. Olhou para mim, que não disse nada.

— Seria bom ter alguém que conheça esses índios e que fale a sua língua, não é?

Continuei sem me manifestar. Nossos olhos se encontrando e lembranças, outros pensamentos. Eu sentia a sua presença, como um sapato pegando fogo. Guedes foi quem deu o aval, mudando de opinião, cortando o olhar cheio de indagações de Júlio:

— É, seria bom ela ir conosco.

Fiquei observando Carmem, de longe, com umas dez crianças ao redor, fazendo o diabo dela. Júlio virou-se para o tenente:

— Não tem um lugar onde possamos ficar uns dez minutos a sós?

Fomos para a enfermaria e, sentados em macas e mesas de trabalho, com uma caveira nos vigiando, discutimos os últimos detalhes, apresentando a Anna o verdadeiro propósito daquela viagem:
— É bom mesmo. Seu irmão está confundindo a cabeça dos índios. É melhor levá-lo de volta pra sua família — Anna.
— Queremos a sua palavra de que vai nos ajudar — Júlio.
— Eu não vou ajudá-los, nem atrapalhar. Sou apenas uma velha cansada, prestes a se aposentar, que está desiludida e que lutou a vida inteira para unir esses índios, coisa que, me parece, o seu irmão levou poucos anos para fazer.
— Só lhe peço para guardar segredo. Chegando lá, tem a liberdade para ficar conosco ou não, contanto que guarde segredo.
— Na Amazônia não existem segredos. Existem lendas...
Júlio foi passando mapas e fotos, recomendando que prestássemos bem atenção, pois, por segurança, teria que dispensar tudo antes do embarque.
— Onde está a sua fotógrafa? — perguntou.
— Está por aí — respondi. A caminho da enfermaria, vi Carmem nadando com as crianças num igarapé.
Um mapa do noroeste de Roraima, pegando um pedaço do Amazonas e da Venezuela: cidades, rios, estradas, aldeias indígenas, parques, bases do Projeto Calha Norte, serras etc. Fotos: pessoas tomando banho num igarapé, um índio abraçado a um soldado, índios dançando em fila, pessoas de cócoras observando uma rede com peixes...
— Conseguimos com um caboclo, no cais de Boa Vista. Estava vendendo. Tem sempre alguém que se aproveita... — Guedes.
Fotos antigas, numa sequência: Zaldo, ao lado de Bia, no quintal dos Levell. Zaldo, abraçando Bia, um olhando para o ou-

tro. Zaldo carregando Bia no colo, ele olhando para a câmera, ela para os olhos dele; felizes, sorridentes. Bia sorriso entreaberto, aquele sorriso! Aquele olhar!! Bia, no colo de Zaldo, seduzida, apaixonada! Bia e Zaldo!! Não é possível, quando aconteceu?! Aquele sorriso e olhar eram meus!!

Poucos serão os escolhidos.

Nada de fragata, lancha torpedeira, algo que lembrasse um barco do Exército. Era uma embarcação comum, casco de alumínio e lastro achatado, próprio para águas rasas. Um convés amplo e um porão-dormitório, com redes penduradas, para não levantar suspeitas. A única coisa que o diferenciava dos demais barcos da região era o rádio potente. Íamos contra a correnteza, e se estivéssemos na época da seca, seria uma viagem tumultuada; ultrapassar as corredeiras e quedas-d'água do Catrimani. Dois dias de viagem; Guedes, Aríton, Carmem, Anna Zacha, Júlio, o comandante do barco e dois ajudantes e, lógico, nosso guia, o índio ajuricaba, que acreditava sermos novos adeptos à procura de uma intenção; a salvação. Talvez fôssemos...

Não demorou muito e os primeiros guaribas, macacos saltando das copas das árvores, garças pousadas sobre as rochas, aracangas em revoada, buritis nas encostas, a margem tranquila do Catrimani, nada de procuras, vivendo a inocência de, simples, viver... Gritos de pássaros, o zumbido de um carapanã, o motor e a água rasgada, ruídos de paz; precisávamos. Ao norte, muito longe, montanhas, a última fronteira. O reino de Deus vem aí...

UMA NOTÍCIA BOA E UMA RUIM PARA DAR. PRIMEIRO A BOA...

Sempre um rádio, a todo volume, desta vez ligado pelo comandante do barco. Descobri que a maioria na Amazônia gosta de muito barulho; talvez o som dos pássaros os sufoque. Naquele “silêncio”, desejam notícias, frases, opiniões, músicas, o que acontece no mundo; tivemos de subir o Catrimani ouvindo a Rádio Nacional de Brasília, companheira dos povos da floresta. Condições do tempo, alagamentos, o navio-hospital vai passar, passadio, em Brasília, em Moscou, no mundo, notícias.

Quanto mais subíamos, a distância entre as margens diminuía. A água, no início transparente, aos poucos escurecia. A altura das árvores era maior do que eu imaginara. No chão, uma vegetação densa, fechada, impenetrável: plantas entrelaçadas enrolavam-se nos troncos, em luta para o alto, para a luz do sol. Uma onça no meio da mata. Apenas a sua cabeça. Seus olhos acompanharam o barco. Muitas araras voando a uma grande altitude. Vez ou outra, cruzávamos com barcos no vaivém: canoas a remo, voadeiras, lanchas; fiéis a caminho. Sempre um aceno cúmplice, guardando segredos, digo, lendas. Os guias se falavam com as mãos; códigos? Estamos indo, indo...

À noite, acendemos os lampiões e continuamos a viagem. Não é difícil navegar à noite num rio da Amazônia. A luz da lua reflete no leito, como um caminho de prata destacado da floresta escura; um túnel fosforescente. Uma fogueira aqui e ali lembrava-nos que não éramos os únicos na região. Talvez um garimpeiro. Talvez um seringueiro, ou pescador e família. Abraçado pelo balanço da rede, e com o barulho-martelo do motor, dormi como havia muito não fazia. Dormi e não sonhei absolutamente nada.

“DEIXA PASSAR
DEIXA PASSAR, CURICA...”

— *E Bia?*

Era de manhã. Uma voz insistente e a palavra mágica: Bia.

— *E Bia, pai?*

Acordei num susto. Júlio falara pelo rádio. Com o fone na mão, aguardava a resposta. A voz de Antônio Levell surgiu nos alto-falantes, para toda a Amazônia ouvir:

— *Está em Paris, filho. É melhor você não pensar nisso...*

Júlio, com os cotovelos apoiados na mesa e a mão na cabeça, de costas pra mim. Um bom tempo sem falar, até levantar a cabeça:

— *Fala, pai, fala logo!*

Silêncio. A voz de Antônio Levell:

— *Me parece que ela não volta mais. Entendeu? Pediu para os pais enviarem dinheiro, o currículo e o diploma. Pediu pra eles ajudarem a transferir o mestrado pra Sorbonne. Está ouvindo? Câmbio...*

Carmem, sentada no bico do barco, com as pernas pra fora e a máquina pendurada. Sentei-me ao seu lado. Ela, encantada:

— Não é de tirar o chapéu? Estou começando a ser dominada. Sente a minha pele: vê a transformação? Você cuida de mim, não cuida?

— Não.

— Eu sou a rainha da floresta...

E abriu os braços rasgando o rio.

— Enquanto você dormia, fiquei a noite toda conversando com Aríton. Ele é índio mesmo. Só que nunca viveu numa tribo. Nasceu em Brasília. Morou e estudou como qualquer criança das cidades-satélite. Me disse que o seu povo não existe mais. "Os parentes", como ele fala. Seus avós chegaram a viver na aldeia. Está emocionado: é a primeira vez que vê índios na mata, vivendo em aldeia... Por que essa cara?

— Você ouviu a conversa pelo rádio?
— Mais ou menos.
— O que falaram?
— Que mulherzinha, acabaram de se casar...
— Fala logo.
— Calma... Na maior parte, falaram em inglês: pro guia não entender. O pai disse que todos os dias, às seis da tarde, a família e os amigos se juntam pra rezar. Disse que o ministro da Justiça renunciou e que devemos confiar no Exército, só no Exército.
— E sobre a noiva?
— O que eu ganho em troca?
— O que você quer?
— Não sei... Que você tome conta de mim.
— Não precisa. Todos vão querer tomar conta de você.
— Não começa!
— Fala, por favor...
— Não conversaram muito. Júlio perguntou onde ela estava e o pai disse que estava em Paris.
— Isso eu ouvi.
— Então?
— Só falaram isso?
— Só.
— E ela não volta?
— Como é que eu vou saber?

A mata fechada e o sol tentando atravessá-la. Carmem fotografando aves. Guedes, sem camisa, sufocado pelo calor, abanando-se com um leque improvisado. Aríton, na popa, olhando tudo; não iria perder nenhum detalhe. O índio ajuricaba, imóvel, ouvindo a selva, como que decifrando os barulhos. Anna Zacha fazia anotações. Cada um de nós tinha um papel

a cumprir. A missionária talvez quisesse decifrar um enigma. Lutou a vida toda procurando o que Zaldo estava fazendo: unir povos. Ela disse:
— Os macuxi têm um mito. *Ua:Brari* era um rapaz que só pescava peixe miúdo. Apareceu um tatu-bola que sabia o caminho pra debaixo da terra, onde tinha muito peixe. Eles iam todos os verões e voltavam com peixe para todos, até o dia em que os dois amigos morreram e ninguém sabia o caminho. Talvez Zaldo seja amigo de um tatu-bola, que saiba o caminho pro outro lado da Terra.

Guedes ofereceu-me um cigarro, que foi recusado.

> BIA
> Estranho, estranho, estranho... Quem me prova que aconteceu, e que está acontecendo? Quem me prova que nos agarramos pelas paredes, que trepamos em tantos chãos, São Paulo nos assistindo, pega, tira, põe, rápido! Não sãos e salvos, salve-se quem puder... Tudo aquilo se perdeu? Eu, você, uma enchente, paixão? Quem...

— Posso me sentar? — Júlio, com duas canecas de café. Sentou-se na minha frente, ofereceu-me uma caneca e bebeu da sua: — Já está trabalhando? — apontou pra minha anotação.
— Já.
— Posso ler?
Peguei o papel na mão, passei os olhos rápido e entreguei-lhe a carta:
— Por que não?
Apoiei as costas na cadeira, cruzei as pernas e observei-o ler, reler, "que trepamos em tantos chãos...". Bebi o meu café com

gosto. Ele ficou um tempo olhando o papel, até se levantar e colocar as mãos na cabeça. Olhou por instantes o curso do rio, as árvores, o céu... Foi para o porão. Pensei: daqui a quanto tempo aquelas árvores serão cinzas?

Música no rádio. Carmem dançando na proa. Com os braços bem abertos, no ritmo da música, balançava o seu corpo empurrada pelo vento. Ao lado de Aríton, vimos ela dançar como as curvas do rio.

Pedi um cigarro a Guedes. Fumei até a brasa queimar os dedos. O meu reino não é deste mundo.

Começou a chover forte. Carmem, ainda na proa, levantou o rosto e se molhou e riu. Debaixo do toldo, Anna Zacha contou-me que para os ianomâmi a chuva é uma grande árvore que pega a água do rio, leva pra cima pelo tronco e devolve soltando as folhas, como gotas... Carmem, abraçando folhas. E a mata se escondendo, guardando mistérios solenes.

Noite, céu aberto. Seguíamos no mesmo ritmo, sobre o lençol de prata. Carmem se deitou sobre o teto e viu as estrelas caírem. Foi engolida pela floresta. Guedes me ofereceu outro cigarro, recusado. Júlio não deu as caras. Música da Rádio Nacional de Brasília. Carmem voltou a dançar, no teto, curvas de um rio de prata.

— Não entendo esse Zaldo... — Anna, queimando as pestanas. — Índio não é uma coisa só. Têm nações, costumes, línguas... Mas numa coisa são iguais: não são sociedades hierárquicas. O que Zaldo está fazendo, é difícil explicar. Como conseguiu uni-los?

Não me pergunte.

Outro dia. Já havíamos saído do Catrimani. Orientados pelo ajuricaba, rios cada vez menores, margens próximas umas das outras e o curso d'água raso. A cada metro, ansiedade e silêncio; estávamos chegando, e o que se escondia por trás da mata? Júlio apareceu no convés. Percebeu a nossa tensão e se deu conta de que estávamos chegando. Olhou ao redor procurando indícios de que, perto, milhares de pessoas viviam sob a batuta do seu irmão. O barco deslizava lento. Árvores inclinadas, cortinas que se abriam e o espetáculo não começava. Júlio ficou ao meu lado. Senti transpirar ódio. Tudo era possível, da violência à paz. Eu acendi os reflexos, instinto de sobrevivência, e esperei o gongo soar. Ele processava as informações, rápido, olhos arregalados, até chegar a um cálculo. Agir; hora imprópria, Júlio, hora imprópria:
— Você não foi o primeiro. Até Zaldo. É ele mesmo, o prodígio... Ela não tem culpa. Não se controla. É o jeito dela. Vocês não entendem. Ninguém pensa em ajudar. Cuidei dela toda a minha vida e vou continuar a tomar conta.

III
URUCUZEIRO

O índio ajuricaba mandou parar o barco. O comandante desligou o motor e deslizamos até a margem. Um igarapé cercado pela mata. Nenhum barco, ninguém. Depois de muitas voltas, entrando e saindo em rios, chegamos num lugar que não lembrava uma comunidade, nem templo, nem nada; apenas um igarapé. Um silêncio, uma correnteza e suspense. Tirei a Bíblia do bolso e joguei no rio. Não me pergunte por quê. Não precisaria mais dela.
(— Não é possível. Não tem nada aqui! —) Anna.
(— Esse cara está nos enganando! —) Júlio.
(— Ou se perdeu —) eu.
(— Um ajuricaba? Se perder?! —) Anna.
— Podem descer! — o ajuricaba, apontando pra margem. Atenção redobrada. Copas de árvores, sombras na mata, nenhum indício. Rastros, ruídos? Apenas aquilo que vi durante dois dias.
Distribuímos entre nós a bagagem, descemos do barco e, com a água nos joelhos, fomos empilhando na margem. Todos colaboraram. De certa maneira, aquele ato coletivo era um símbolo: nós contra eles, chegou a hora de agir! Pensei rápido: contra quem? Tem que ser contra? O que nos une? O que nos difere deles? Momentos fúteis, de uma ligação com uma mulher de aliança, enquanto a cobra grita na serra Urucuzeiro. Olhei para Carmem, velha amiga, um referencial, meu único: quem cuida de quem, mulher?
O guia e a tripulação ficaram no barco. Júlio parecia nervoso: começou a falar sozinho e a dar ordens que não obedecíamos.

Esperávamos do ajuricaba o próximo passo. Apontou pro lado em que viemos e disse:
— O barco volta.
— Como o barco volta?! — Júlio.
— É melhor o barco voltar.
(— Esse cara pirou... —) Carmem.
— O barco não pode voltar. Ele é nosso. Ele fica onde está! — Júlio.
— O barco tem que voltar.
— Mas de jeito nenhum — Júlio. — Temos o rádio. Precisamos dele. Ele não vai voltar.
— Então voltam todos.
— Olha aqui, meu amigo! Nós vamos ficar e o barco também!
— O barco tem que voltar.
(— Não é possível —) Júlio, virando-se para nós. (— Não podemos ficar sem o barco.)
(— Eles são prudentes —) Guedes, o agente contra o inimigo.
(— As regras são rígidas. Ninguém sabe como vir, nem como voltar. Esse índio não vai abrir um precedente. O barco vai ter que voltar.)
(— Claro que não! —) Júlio. Virou-se para o ajuricaba: — Cadê o Zaldo? Chama ele!
(— Calma, Júlio... —) Guedes.
(— Calma o caralho! Eu não fico sem o barco!)
(— Então volta... —) Carmem.
A tripulação não se manifestou. Como em toda a viagem. Para eles, ficar ou voltar — "Que tal voltar?..."
(— Temos que fazer o jogo deles —) Guedes, sempre nós e eles. (— Olha. Tudo bem. Eu fico no barco. Passo um rádio pra Brasília e peço ajuda...)
(— Daqui ninguém sai! —) Júlio.
(— Tenho um bom senso de direção... —) Guedes. (— Encosto o barco num lugar seguro e encontro vocês na comunidade.)

(— Você não sai daqui! —) Júlio.
(— Aríton. Você fica com eles, não desgruda deles. E Júlio, por favor: tente se controlar...)
(— Seja sensato, Guedes —) Júlio. (— Nós não podemos ficar sem você. Temos que ter pulso firme. Só porque esse índio quer que o barco volte...)
(— São as regras. Não há problema. Eu vou voltar. Confie em mim.)
Guedes virou-se para o ajuricaba:
— Tudo bem. Eu volto com o barco...
Nem Guedes acabou de falar e estávamos cercados por índios que surgiram do nada, sem fazer barulho. Havia alguns nos topos das árvores. Outros, no lado oposto da margem.
(— Que maravilha... —) Anna. (— Que boas-vindas... São índios de nações diferentes. Cada um com a sua pintura. Estão vendo?!...)
O ajuricaba foi para a margem e cumprimentou alguns deles. Um outro índio, carregando uma sacola, subiu no barco e ficou no mesmo lugar em que antes estava o nosso guia.
Guedes entrou no rio e voltou para o barco. Mau pressentimento: era um homem tranquilo, experiente, e sua presença, segurança, uma peça importante nesse túnel de pedras, sem luz, de difícil acesso e, provavelmente, sem saída. O motor do barco foi ligado. Júlio, inconformado:
(— Não é possível. Alguém tem que impedi-lo...)
Mais satisfeito que nunca, o comandante deu a volta e acelerou. Guedes acenou para mantermos a calma e entrou no porão. Os índios pegaram as nossas coisas e indicaram o caminho.

Em fila indiana, compelidos, entramos na mata. Não demoraram os primeiros insetos, nem os cortes pelo corpo: espinhos, galhos, troncos de árvores caídos que tinham de ser ul-

trapassados, trepadeiras que se enroscavam nos pés e pedras cobertas por limo. Anna Zacha ia na minha frente e não tirava os olhos dos que nos guiavam:
(— Tudo bem. Veja só: eles estão com uma cara tranquila... Veja a altura daquele ali! É maior que um xavante! Uns usam colares, outros não usam nada. As bordunas são diferentes. Se um homem foi capaz de juntar culturas tão diversas, esse homem não está brincando...)
Tentou se comunicar com um deles; provavelmente em ianomâmi. O índio deu apenas uma olhadinha, sorriu e continuou a marcha.

A trilha por vezes ascendia. Por vezes descíamos. Um igarapé, um tronco caído como ponte. O grito de um macaco, longe. Orquídeas por toda parte. Um descampado, atacados pela luz do Sol, até sermos novamente engolidos pela mata, onde o sol furava em raios a cobertura das copas das árvores.

Uma hora marchando, quando surgiu um rio. Uma parada rápida, sem que o descanso nos cumprimentasse, para seguirmos, desta vez, pela margem.

Não demorou muito, o chão firme virou areia. Uma praia extensa, que se perdia no horizonte.

Os primeiros sinais de gente: o barulho de um machado cortando uma árvore, e a gargalhada vinda da outra margem. Anna me encarou: "Se tem alguém rindo, do que ter medo?" Finalmente, algumas pessoas nos olhando escondidas na mata; olhar vago, delicado. Uma canoa passou numa velocidade incrível, com o remador em pé, aproveitando a correnteza, gritando:

— Já vou! Já vou!!
E foi.
Agora sim, conversas, risadas e um canto vindo da mata. As primeiras crianças brincando na areia. Outras, pulando dos galhos de uma árvore pra dentro do rio. Mulheres lavando roupas. Pararam para avaliar os novos adeptos, cima a baixo. Malocas improvisadas, embutidas entre árvores, com toras de madeira sustentando folhas de palmeira. O encontro com essas pessoas desviou a nossa atenção; só um índio nos guiava, os outros se dispersaram.
— A nossa bagagem! — Júlio. — Eles levaram a nossa bagagem.
Entrar e as primeiras boas-vindas: levaram toda a bagagem, inclusive a minha pasta, o gravador e o equipamento de Carmem. Júlio, com os nervos à flor, xingava pra todos os lados: "Ladrões!" Talvez um confisco para revistarem; vai saber? Sem caneta, sem papéis, sem o gravador: cortaram-me os braços. Carmem, de quem entenderíamos uma explosão, foi quem menos deu bola:
— Eu vi. Cada um ia prum canto...
O único guia começou a atravessar o rio, fundo de areia, apesar de a poucos metros, mais adiante, uma ponte de madeira.
— Ei! — Júlio, chamando-o: — A nossa bagagem?!
E fomos atravessando, com a água nas canelas, quando na outra margem o índio entrou por uma trilha e sumiu.

Dentro.
Onde?
Dentro.
Sós.
Pra onde ir?
Ninguém pra nos receber.

Sem braços e o olho de uma câmera.
Uma Bíblia boiando num rio, salva.
Novos adeptos...

Fomos pela trilha. As cabanas estavam impecavelmente arrumadas: tocas retas, telhado firme, sem portas nem janelas. Cruzávamos com pessoas sempre correndo, pressa, que assim que nos viam, fechavam os olhos suavemente. Quando uma pálpebra encostava na outra, abriam novamente na mesma delicadeza: um cumprimento, ou reverência. As malocas eram quase todas do mesmo tamanho. Alguns barracões de madeira e tabas de palha, bem maiores que as casas. Nenhuma ordem. Nem centro, nem linha. Trilhas espalhadas, que ligavam mata a descampados, a igarapés, assim sucessivamente.
Uma mulher varrendo a casa. Paramos na sua frente e ficamos examinando, como se fosse um ser de outro planeta. Quando nos viu, cumprimentou-nos fechando os olhos. Todos nós a imitamos: era o início da nossa estada, novos seguidores. Flutuar...
— Boa tarde? — Anna. — Sabe onde podemos ficar?
Ela apoiou a vassoura debaixo do braço, olhou pra todos os lados e sorriu:
— Qualquer lugar, dona...
(— Pergunte onde ele está. —) Júlio.
(— Calma... —) Anna.
(— Não dá pra localizar nada nesse lugar. Parece um labirinto! —) Eu.
(— São círculos. Círculos, dentro de círculos. Não perceberam? —) Anna.
A mulher, com um sorriso honesto:
— Acabaram de chegar, não é?
— Estamos cansados e não sabemos onde ficar...

Ela deu uma risada gostosa, balançando todo o corpo:
— Eu sei como é...
Um sujeito passava rápido, quando a mulher o chamou:
— Ei! Precisam de ajuda.
O sujeito parou, fechou os olhos e perguntou:
— Chegaram agora?
— É — Anna.
— Escolhem um canto. Depois, nós ajuda.
— Qualquer lugar? — Anna.
— É, dona. Qualquer lugar...
E voltou a caminhar. A mulher, o mesmo sorriso, e Júlio:
— Onde ele está?
Nada.
— Onde ele está?
— Quem, moço?
— Zaldo.
Ela congelou o sorriso, afundou os olhos e fechou a cara.
— Onde ele fica?
Ela deu um passo pra trás e voltou a varrer:
— Não está vendo ele?... Está por aí tudo...
E deu as costas, escondendo o rosto. Varreu. Júlio:
(— Essa mulher tá louca!)
(— Não diga isso! Nunca diga isso! —) Anna. (— Vamos procurar um lugar...)
Por aí tudo...

De fato, círculos de trilhas que cortavam outros círculos, até darmos no rio de areia, onde decidimos nos instalar.
— Aqui é melhor. Mais fácil de localizar. Guedes poderá nos encontrar... — Anna, a voz de comando do momento.

Eu e Aríton arranjamos paus e folhas. Alguns sujeitos pararam para nos observar. Ninguém ofereceu ajuda. Não perguntaram de onde viemos, nossos nomes, nada. Como se não tivéssemos passado e nascêssemos do rio. Voltamos para o nosso lugar, onde Anna já preparara o chão. Enquanto construíamos uma maloca, Júlio saiu para fazer um reconhecimento e voltou e saiu e voltou, várias vezes. Continuava nervoso, dando palpites que não seguíamos. Carmem ficou sentada na praia. Brincou com a areia, espalhando pelo corpo. Pôs a cabeça na água e bebeu. Depois rolou pela praia, sujando todo o corpo; do cabelo aos pés, uma escultura de areia. Enterrou as pernas e, sentada, deixou as costas caírem pra trás. Esperou a noite chegar.

E chegou.

Muitas pessoas foram passando, cansadas, com ferramentas, como se estivessem voltando de um trabalho árduo. Algumas fogueiras foram acesas. Aríton trouxe galhos e plantas secas, e nos preparou uma fogueira. O esgotamento da viagem e a tensão em que estávamos nos dominaram, e, suave, o "silêncio". Porém, os olhos, mais que nunca, atentos a todos os movimentos, quaisquer. Uns poucos que passavam nos olhavam com surpresa, se dando conta de que éramos recém-chegados. Se os olhos se encontrassem, o fechar. Esperávamos que alguém viesse enumerar as regras, devolver nossa bagagem, falar qualquer coisa... Aquela noite não era para ser perdida; mas, pelo jeito, nada iria acontecer que a noite já não tivesse dito.

A lua estourou na floresta, separando a água da terra. Anna:
— Vamos dar uma volta.
Fomos pela margem, num passo acelerado. Ela esfregava uma mão na outra, ansiosa por fazer descobertas, ligações, entender.
— Não se pode falar nele. É isso! Já estava desconfiada. O nome Zaldo é uma faca que corta a língua. Talvez seja a grande regra,

o primeiro mandamento. Estão todos tomados por um homem, mas não podem falar nele. Um mandamento muito sábio, para quem quer preservar a autoridade e a onipresença.

Poucas pessoas acordadas. Alguns vultos passando, fogueiras morrendo, uma tosse e um choro de criança. Anna parou, olhou para uma trilha e:

— Vamos ver se tem algum palanque onde o ditadorzinho discursa...

Nem demos dois passos pra dentro da mata e a escuridão nos impediu. Anna, parada, segurou forte a minha mão:

— Você está enxergando alguma coisa?

— Não.

— Mas a velha aqui sou eu ou você?

— Está muito escuro.

Continuamos parados. Como um aluno inexperiente, esperei o próximo passo do meu "orientador".

— É melhor não entrarmos. O que você acha?

— A senhora tem razão.

— *Hum!*

E continuamos parados, sem que ela se conformasse de ter de voltar.

Amanhecia. Mas eu não sabia se estava acordado ou dormindo. Deitado, não sentia estar deitado. Logo à frente, uma camada de neblina sobre o leito do rio. E o azul foi se fazendo. Ouvia tosses e resmungos. Certamente, nenhum de nós dormira aquela noite. Uma iniciativa, vontade qualquer. Mas o corpo diz: fica! Vi um homem passando; sempre a pressa, passos firmes e decididos: algum lugar. Com este meu pouco tempo de Amazônia, era de estranhar a pressa; não combinava. São Félix era assim. Palimiú idem. Imaginava que, com tanta natureza, houvesse maior contemplação. Mas não. Natureza pra nós é uma coisa. Pra eles é um obstáculo, bicho a ser domado; primeiras lições... De repente, um sujeito apareceu com uma disposição de contaminar: uma nova manhã. Deu um bom-dia e colocou no chão uma bacia: comida. Conversou com Anna coisas que não entendi: falava rápido demais para uma manhã-neblina. E os pensamentos tiveram de ser recolhidos, para o que for, ser. Enquanto levantávamos, o sujeito, de cócoras, nos observava com um sorriso na cara, sereno. Chegou uma mulher com uma cesta, deu um bom-dia e ficou de cócoras: mais comida. Quando mais e mais pessoas foram chegando, trazendo toras, palhas, folhas, redes e ferramentas. Jogaram tudo no chão e bateram palmas para o despertar:

— Hora de trabalhar...

Hora de trabalhar. Depois de comer, pega-se, levanta-se, arma-se, pregos e martelos, e, naquele primeiro dia, com ajuda e indicações, fomos montando uma casa, no mesmo chão onde, até havia instantes, dormíamos. Novamente sem perguntas, nem passado. Estávamos cercados por adeptos, construindo aquilo que seria a nossa maloca. Eram pessoas simples, quase todos mestiços, pele marcada por vida, bocas que pouco falavam e muito riam. A minha ajuda foi pouca, perto da facilidade com que trabalhavam. Não se ouviam ordens ou comando. Cada um fazia aquilo que era para ser feito, seguindo um padrão que parecia ter sido usado em todas as casas. Nem bem chegamos e já uma casa...

— Alguém mandou vocês aqui? — puxei conversa com o que pregava tábuas no chão.

— Nós somos os vizinhos. Sempre fazemos uma casa pra quem chega. Aqui é assim. Aqui, todo mundo trabalha. Vocês cuidem dela, pra ficar bem limpa.

— E comida, essas coisas?

— Tem comida pra todos. A gente se trata como pode...

— E a nossa bagagem?
— O que é que tem?
— Assim que chegamos, uns índios levaram ela.
— Levaram, é?
— Eles vão devolver?
— Isso não sei te dizer.
— Onde é que eles ficam?
— Sei não.
— E Zaldo?
Pausa.
— Sei não.
E começou a martelar, talvez para me calar. Quando o sol apareceu, muitos, nas duas margens, indo para o que supunha, trabalho. Fui para a água me banhar, percebendo que todos os que acordavam faziam o mesmo: alguns com sabonetes, outros se jogavam com tudo na água, e tinha aqueles que entravam só até os joelhos e molhavam pouco e pouco. Carmem entrou com tudo, e ficou por muito tempo boiando no raso. Olhei para a casa e estava pronta, igual às outras, com o chão forrado de madeira, janela sem janela, porta sem porta. Era inacreditável que, sendo quem éramos, estando ali para o que estávamos, numa manhã que nem acabou, um grupo de desconhecidos, por serem nossos vizinhos, numa disposição de fôlego, fizesse o feito. Vislumbrei por instantes a beleza, harmonia, ordem. O mesmo sujeito com que travei uma conversa me propôs. Mais que isso, induziu:
— Vamos trabalhar?
Era uma maneira de começar a agir: conhecer outras pessoas e introduzir-me na comunidade. Fez a mesma sugestão para Júlio, que repeliu, arrancando a mão que segurava o seu ombro:
— Me deixa em paz!

Um ar de decepção no sujeito, que me pegou no braço e chamou Aríton e fomos, os três, sem comentários. Só então me dei conta de que poderia encontrar Zaldo. Ele me reconhecerá? E se, o quê? O fósforo riscado, a chama subindo na ponta, acender. Pode ser a hora.

Num lugar a que eu não saberia voltar, uma fábrica de pontes. Algumas toras de mogno, castanheira e pau-rosa, árvores nobres. Muitas e muitas pessoas serrando madeiras, pregando-as e armando estruturas com laços de cipó. O que ficasse pronto era jogado no igarapé e arrastado até o lugar onde a ponte seria instalada. Foram duas no dia. O meu trabalho: trançar cordas. Foi chegarmos no descampado e o próprio sujeito que me levou, Zé Sossego, sugeriu as cordas, "Pra começar...". A Aríton, entregaram um machado. Na verdade, nada mais que o trabalho. Pouco zunzum, conversas. Uma obstinação coletiva pelo trabalho: domar o bicho natureza. Eu não era daquele mundo, nem estava nele para tal. Naquele lugar, eu deveria estar ouvindo, vendo... Percebi que quem quisesse parar parava, molhava o rosto no igarapé, bebia da mesma água e voltava quando bem entendesse. Dei as minhas pausas. Ficava por algum tempo observando aquelas máquinas humanas, imaginando as palavras que eu teria de usar para descrevê-las. Olhava para as árvores: quem sabe ele não chega, abençoa a todos e fala o que costuma dizer. Ou talvez fique de longe. Minha missão era escrever, ser escravo dos fatos e das personagens.
As minhas pausas eram maiores que o normal. Zé Sossego, sempre ele, como se fosse o encarregado dos "novos adeptos", o meu responsável, vinha num passo leve, como quem não quer nada... Respirava no meu ritmo, passeava naquilo que eu via, para depois sugerir: "Vamos..." E eu voltava para as minhas cordas, decidido que aquele seria o meu último dia na fábrica

de pontes. Por um lado, era comovente o fazer espontâneo, sem ordens, capatazes, nada do tipo. As pontes eram para a comunidade. Um ato inconsciente: ligar, juntar pedaços de terra, unir pessoas, próprio de um movimento que propõe, creio, a igualdade. Nada nem ninguém poderiam ficar de fora. Até que ponto Zaldo era o mestre de obras? Nem na pausa para o almoço se falou nele. Chegaram a me perguntar se eu estava gostando. Falei que sim, mas que estava curioso para ouvir Zaldo. E todos voltaram a comer, me deixando no vazio.
Por fim, quando na minha mão já apareciam as primeiras bolhas, e o sol, engolido pela mata, era hora de parar. Nenhum comando, nem alarme. De um em um, paravam, arrumavam as suas coisas e iam embora. Aríton não demonstrava o mesmo cansaço que eu, e respirou aliviado assim que encontramos Carmem, Júlio e Anna, a salvos, na nossa maloca.

Numa caminhada noturna, o que pelo jeito iria se tornar um hábito, Anna me contou o que viu:
— Vinham algumas pessoas nos oferecer comida. Deixavam os cestos e não cobravam nada. Outros nos convidavam para pescar. Eu não gosto de pescar. Não vim aqui pra ficar pescando. Quando eu lhes dizia "Não" com toda a educação, me deixavam em paz. Faziam o mesmo convite para Júlio. Ele recusava. Pelo jeito, ninguém sabe quem ele é. E ele não falou. Insistiam, como se ele fosse obrigado a ir, até o rapaz se irritar com o assédio e gritar com eles. Isso não é bom. Ele precisa se controlar; não sabemos com quem estamos lidando. Não saiu de perto da maloca. Ficou todo o tempo observando a menina brincar com as crianças na água. Doidinha essa menina. Como é o nome dela?
— Carmem.
— Demorou horas pra acabar de comer. Ficava mastigando cada pedaço, com gemidos "hum...", deliciando-se, como se

estivesse comendo a coisa mais maravilhosa do mundo. Acabou de comer e voltou pra água. Todos que passavam davam uma parada para olhá-la, como que encantados. É muito bonita. Ela fazia o que queria com as crianças. E ninguém a impedia. À tarde, depois de arrumar a casa, eu dei uma volta por aí. Encontrei uma índia velha, acho que maiongongue, não sei, que fazia pinturas nos peitos e nas costas de quem quisesse. Perguntava se eram casados, se tinham filhos e pintava. A pintura tinha um significado, como toda pintura indígena, indicando o "status" do homem. Mas, de resto, não encontrei nada. Nenhum templo, igreja, palanque, nada. Há uns círculos desenhados em algumas árvores. Não sei se um símbolo, ou um sinal para identificar o lugar. Eles não falam muito. Também achei por bem não perguntar. Não por enquanto. Não se pode ter pressa com esse tipo de gente. Talvez nem saibam por que estão aqui. Está cansado?

— Um pouco.

— É melhor voltarmos. Já estão todos dormindo mesmo...

Enquanto voltávamos, ela, num tom professoral:

— Encontrei alguns índios que me reconheceram. Me cumprimentavam com o mesmo carinho de sempre, mas não falavam nada. Senti um ar misterioso entre eles. Faziam piadas, como sempre. Quando querem, são muito irônicos. Os iaualapiti, lá do Xingu, foram, há muito tempo, visitados por um estrangeiro que queria comprar artesanato. Para agradar o chefe da aldeia, cortou um sabão em três pedaços, deu um pedaço para o chefe e os outros dois para cada um de seus filhos. O chefe não fez por menos. Pegou uma flecha, partiu em três pedaços e deu de presente para o negociante...

E riu. Até ter um acesso de tosse, chacoalhar todo o corpo, arrancar um catarro do fundo do pulmão e cuspir no rio:

— Eu não vou durar muito. Se eu morrer aqui, me faz um favor. Não deixe me enterrarem neste fim de mundo. Quero voltar pra Itália, mesmo num caixão... Estou com muita saudade. Um dia, você vai entender...

Não se ouvia o tempo, nem as estrelas. E o ar difuso, perfumado, envolvia, como um manto sagrado. Eu não conseguia dormir. Naquele "silêncio", e a corrente de água arranhando-se na mata, e um pássaro que insistia em chamar a lua, eu não conseguia dormir; não com tanto "silêncio". Balançava a rede experimentando os vários rangidos possíveis. Por vezes, não fazia barulho, nem respirava. Por vezes, balançava, ir e vir, e a madeira acompanhando, escrava, acordada comigo. Vi Júlio debater-se. Parecia estar num pesadelo. Falava meias palavras. Ele tinha motivos, e muitos. Para o meu deleite, vê-lo sofrer era vingança disfarçada. Alguma coisa iria explodir entre nós. Mesmo na última fronteira; ninguém é santo.

O sol nem despontara e Zé Sossego, na maloca, ar supremo do responsável por nós. Eu havia prometido não trabalhar. No seu sossego, ele não precisou insistir, e cedi, compelido a. Já no caminho, com Aríton, Zé Sossego:
— Teu amigo não quer trabalhar? — referia-se a Júlio. — Isso não é bom. A velha tudo bem, é velha. Mas ele é forte. Tem saúde. Tem que trabalhar.
— Mas se ele não quer, quem vai obrigá-lo? — perguntei.
— O povo aqui não aprecia quem não trabalha. Todos têm que dar alguma coisa.
— A minha amiga também não trabalha.
— Ela não precisa. O povo gosta de ver ela nadar. Deixa ela nadar. Mas ele não. Ele tem que pegar duro, como todos fazem. Essa floresta não é pra ficar olhando.

— E se ele não fizer?
— Aí, a onça vai resmungar...

E resmungou.

Eu já estava cheio de trançar aquelas cordas, com as mãos formigando, o sol desfocando tudo, calor dos diabos. Na pausa do almoço, não tive dúvida: saí de mansinho. Enquanto todos pararam pra comer, aproveitei a distração e entrei na mata, pela trilha em que tínhamos vindo, confiando na memorização que eu havia feito. Afinal, já dera um dia e meio da minha vida para aquelas cordas.

Tive sim, uma explosão de curiosidade em andar por trilhas, ver o que os outros faziam, falar com eles enquanto era luz. O que plantavam? Quem fazia os cestos? Quem dava as ordens? Como era a organização? Havia dinheiro? E, principalmente, onde Zaldo estava? Mas era difícil me localizar e não havia quase ninguém nas trilhas: todos, ao trabalho. Algumas cabras, amarradas em árvores. Galinhas soltas entre as casas. E as tais árvores com um círculo desenhado.

Atravessei um igarapé numa ponte familiar: a que eu ajudara a construir. Fiquei orgulhoso em vê-la firme, segura, com as cordas bem trançadas; pela primeira vez, me senti útil àquela comunidade. Mas o orgulho foi com a correnteza, quando percebi o quanto era raso o igarapé. Dava para atravessá-lo a pé, sem a menor dificuldade, uma ponte desnecessária; pássaros com três asas. O meu esforço em vão e decidi, da próxima vez, perguntar onde seriam instaladas as malditas pontes.

Finalmente encontrei uma grande horta. Havia algumas pessoas mais embaixo, na pausa do almoço. Muita palha por ali, e uma armação de madeira, com palha trançada no centro, como um manto gigante. Subi numa pedra e sentei-me ao lado de um casal que tinha flores espalhadas ao redor. Eles notaram a minha presença, mas continuaram abraçados. Resolvi puxar assunto:

— O que é isso que vocês estão fazendo? — apontei para o manto de palha.

— Não sei... — foi o rapaz quem respondeu: — Pediram a nossa ajuda e viemos. Me parece que é uma escultura. Não sabemos como vai ficar.

— Em homenagem a Zaldo? — perguntei.

E ficamos mais um tempo em silêncio, olhando aquele manto, tentando adivinhar no que iria dar. Me virei e, incrível, eu o conhecia. Era ele mesmo, mais magro, um rosto afilado e pálido. Vestia uns trapos, tal qual um *saddhou* da Índia. Estava abraçado a uma atriz de televisão cujo nome eu não lembrava, mas o rosto, familiar.

— Então, Mamelli, como vão as coisas?

Olhou surpreso. A mulher fez o mesmo.

— Não se lembra de mim? Fred Kilma? Ilha Bela...

Ele levantou o rosto, examinou-me de cima a baixo e falou, devagar, como se estivesse fazendo um esforço terrível:

— Claro... Fred, há quanto tempo... — tirou o braço ao redor da atriz e deu a mão para um aperto. — Quando foi que você chegou?

— Há uns dois dias.

— Então você também veio. Que maravilha...

— Vim ver o nosso amigo Zaldo.

Meus olhos e os da atriz se encontraram. Ela sorriu. Tinha uma pele muito branca e delicada, os lábios inchados, vermelhos. Como conseguia manter uma pele tão delicada?

— Tudo bem?

— Tudo — ela respondeu.

— Então, Fred, está gostando? — Mamelli.

— Não sei. Estou há pouco tempo e ainda não o vi. Você já viu?
— Ainda não.
— Mas faz tempo que vocês chegaram?
— Não sei. Acho que um mês. Ou dois. Sei lá.
— Como ele está?
— Ninguém fala nada. Deve estar bem.
— Sabe onde ele fica?
— Não.
Percebi o mal-estar que as perguntas causavam. Resolvi mentir:
— Eu estive com a sua família. Estão preocupados com você.
— Estão nada.
— Claro que estão.
— Não estão. Nunca estiveram. Eu conheço eles. No mais, eu estou ótimo. Não têm com que se preocupar — virou-se para a atriz e perguntou: — Eu não estou ótimo?
Ela aumentou o sorriso e, simpática:
— Está nada.
Ele riu.
— Estou sim.
— Está nada — ela, apertando o nariz dele.
— Estou sim.
— Então prova...
— Você quer uma prova?
— Quero...
Ele começou a passar a mão no cabelo dela.
— Que tipo de prova?
— O que você sabe fazer?
— Isso — e deu um beijo.
— Onde vocês moram? — perguntei.
— Isso não prova nada — ela disse.

— Então quer mais provas?
E subiu em cima dela, que se debateu:
— Para!
Mas não parou e prendeu os braços da atriz, imobilizando-a. Ela deu gritinhos, enquanto ele começou a beijá-la. Ela aquietou, passou os braços nas costas dele, e o beijo foi longo.
— Eu estou com Júlio. Não sei se você se lembra. É irmão de Zaldo. Ontem, construíram uma casa para nós. Na frente de uma praia.
E eles, deitados, beijando-se.
— Eu queria muito encontrar com Zaldo. Queria conversar com ele. Éramos amigos. Você também era da mesma turma, não era?
Não paravam nem para respirar. Eu podia me enfiar entre os dois que não perceberiam. Poderia cair a maior chuva, e não sairiam do lugar. Um, ali, estava sobrando:
— Bem. Valeu conversar com vocês. A gente se vê por aí...
Andei por toda a horta. Pés de alface, couve, tomate, muita mandioca e abóbora. A terra estava úmida. Percebi que regavam usando baldes. Uma mulher muito gorda me interrompeu:
— Tá com fome?
— Não. Obrigado. Só estou olhando.
— Come um pouco. Está quente.
— Não.
— Não gosta de peixe? É tucunaré.
— Gosto. Mas agora não. A senhora quem fez?
— É. Dá uma prova...
Estendeu um prato. Não tive como recusar. Por educação, acabei aceitando e comi, comi como nunca. Limpei o prato numa velocidade que surpreendeu a cozinheira:
— Pronto?! Quer mais?
— Só mais um pouco.

Andei por muito tempo, de barriga cheia. Trilhas e trilhas e, num descampado, uma roda de gente cercando uma índia velha que pintava as costas de um homem.

— Quer que ela te pinte? — um sujeito ao meu lado perguntou.

— Pra quê?

— Vai ficar bonito.

— E isso sai?

— Demora, mas sai. O preto traz boa sorte. É jenipapo. O vermelho é urucum. É pra dar força vital. Num me pergunte o que é isso, que eu não sei não. Eu, se fosse você, aproveitava. É tão branco que vai ficar bonito. Boa sorte, força vital, bastante coisa... — e riu, gozando da minha cara.

A índia velha falou qualquer coisa.

— É a sua vez — indicou o lugar.

Ela apontou para o meu peito. Um sujeito, como intérprete, avisou:

— Tira a camisa, moço.

Obedeci. A índia tinha um rosto muito enrugado, os olhos pequenos, fundos, quase não os via. Perguntou alguma coisa, que o intérprete logo traduziu:

— Quer saber se você é iniciado.

— Iniciado?

— É, casado.

— Não. Mas eu sou um homem muito apaixonado. Diga a ela. Apaixonado por uma mulher que mora longe, e outro homem é o seu dono...

Todos ao redor deram uma risada. O intérprete olhou surpreso, e acabou traduzindo. Ela aproximou o seu rosto, como que para me examinar melhor. Pôs a mão na minha cabeça e falou, que foi logo traduzido:

— Te disse que vai fazer uma pintura pra essa mulher voltar pra você.

— “Hummm” — todos, em coro.
Tirou o cabelo da minha testa e começou a desenhar, com um pedaço fino de madeira molhado no jenipapo. Senti as linhas paralelas e as figuras geométricas. Fechei os olhos e deixei-me levar. A índia falou qualquer coisa enquanto desenhava no peito um quadrado vermelho:
— Ela disse que vocês vão morar aí, neste quadrado...
— “Hummm” — outra vez, em coro.
No fim, beijei aquela velha com muita emoção. Havia tempos que alguém não fazia algo por mim. E o pedaço de madeira deslizando, pele, um carinho que despertou a minha admiração por aquelas pessoas. Foi o primeiro sintoma: estava começando a gostar do lugar. Nem dois dias.

Permaneci um bom tempo naquela clareira, ao lado de pinturas humanas, fazendo comparações entre elas, as linhas, os significados.

Fiquei sentado debaixo da árvore no centro da clareira. Sua sombra, paz, como se havia muito fosse o meu lugar preferido. Despertar...

— Fred?! — Anna, na minha frente.
— Há horas que eu estou te procurando.
E eu, construindo um futuro...
— Devolveram a nossa bagagem. Só que o seu gravador foi confiscado. O equipamento fotográfico também.
Voltar.
— Fizeram perguntas, Fred.
— Quem?
— Um velho, nosso vizinho.
— E vão devolver?

— Não. Eu tive de mentir: disse que você era um escritor. Vocês quase me metem numa enrascada.
— E ele acreditou?
— Sei lá.
— E canetas e papéis?
— Tudo em ordem. Me disse que não querem mais fotos.
— Quem, Anna?
— O conselho.
— Que conselho?
— Calma. Está com pressa? Todos aqui vivem com pressa?! Ele não disse. Só falou "conselho"... O que é isso na sua testa?
— Uma pintura.
— Foi a velha que fez? — apontou para a índia.
— Foi.
Examinou com atenção.
— É. Interessante...

Voltei às pressas para a maloca. O que era um plano estava ruindo. Guedes, o barco, o rádio. E sem fotos, nem gravações. Poderíamos remendar em improvisos.
Não havia ninguém. Carmem, sim, deitada na areia, tomando sol. Fui até ela:
— Você já soube?
— Tudo bem. O equipamento não era meu. Era do jornal.
— E as fotos?
— O que você quer que eu faça?
— Eu quero fotos!
— Calma, Fred. Não combina esse tom de voz.
— Da próxima vez eu imito um macaco.
— Você ainda não se tocou?
— Com o quê?
— Não está percebendo o que está acontecendo?

— O que está acontecendo?
Ela olhou, como se eu tivesse feito uma pergunta absurda.
— Olha em volta.
— E o que é que tem?!
— Respira fundo.
Obedeci. Ela começava a me deixar irritado.
— Eu não vou falar.
— Fala!
— Não. Você não está preparado.
— Preparado pra quê?!
— Você não sente nada?
— Não. Eu quero essas fotos! Me arruma essas fotos! Descubra quem pegou o seu equipamento e fotografe! Depois, podemos respirar todo o oxigênio da Amazônia.

Talvez, por teimosia, sentei-me na porta de casa, com lápis e papel na mão, e preparei-me para escrever. Respirei fundo: irritação. Olhei para o rio procurando ideias, frases de efeito, citações. O começo: São Félix? Palimiú? Jundiá? Catrimani? Pontes e pinturas e piscar de olhos e trabalho. Escrevi a palavra: Zaldo. Ele era o começo. Por ele que o rio corria, o sol explodindo, as pontes de corda, o manto de palha. No entanto, por mais estranho, ele demorava para aparecer; um detalhe com que não contava. Tive um pensamento idiota: talvez ele não existisse. Não, absurdo! Zaldo é o começo. Mas onde?

A noite chegando e uma palavra escrita: Zaldo. Movimentos messiânicos, milenaristas, milagreiros, o Brasil está cheio. Existem muitas microrreligiões no alto do rio Negro, perto de onde estávamos. O que difere Zaldo dos outros é a chave para os meus artigos.

Júlio chegou antes de escurecer e, ao lado de Carmem, contaram quantos grãos havia naquela praia. Surgia ali uma amizade suspeita. Minha fotógrafa, expandindo laços, para aos poucos, pensei, afastar-se de mim: o encargo. Já lutamos por muitas coisas, Júlio. Não lutarei pela minha fotógrafa. Eu só quero as fotos!

Já escuro, Aríton apareceu. Exausto, deu um mergulho e foi pra rede, atento aos que voltavam do trabalho; um ar preocupado: Guedes, certamente. Não falou de minha ausência-fuga. Aliás, ele nunca falara nada. Apenas Carmem, um dia, ouviu a sua voz. Um índio, não índio, mas índio. Poucos saberiam descrever o que ele realmente suporta. Dois polos, vidas, movimento. Um fala de dentro: use as mãos, o cheiro, veja longe, verdes! O outro não faz o que sente, ordens!

Anna não voltou. Restaram-me uma rede, a fogueira apagada, a palavra Zaldo e três companheiros de casa, pelo jeito, dormindo. Eu, ah, contando os segundos que escapavam dos dedos, assim, ó, areia-mar. Tochas por ali, fazendo sombras nas paredes. Um murmúrio, gente perto, ao lado, dentro da barraca! Sobre as tochas, fogo. Eram jovens, com a pele escura: jenipapo. Agarraram Júlio. No início, pensei que fosse alguma brincadeira. Mas não.
— Ei! — gritei. — O que é isso?! Soltem ele!!
Arrastaram ele para fora, que torcia todo o corpo, tentando soltar os braços e pernas. Eu e Aríton fomos atrás, onde um grupo de dez, ou mais, começou a espancar Júlio com porretes. Tentamos socorrê-lo, mas fomos seguros. O baque dos porretes, no corpo de Júlio, assustador. Começou a sair sangue de sua cabeça. Um outro grupo estava mais afastado, observando sem reagir. Corri até eles pedindo ajuda. Não se mexeram, nada, ninguém pra interceder. Anna estava entre eles:

— Fui voto vencido...

E a onça resmungou.

Pode-se pensar que senti algum prazer: vê-lo sangrar, gemer, com hematomas pelo corpo. Confesso que não. Eu tinha sentimentos nobres. Não tive como impedir; não mediria forças com os agressores. O máximo que pude fazer, ajudar a carregar o corpo doente até uma rede e me comover. Anna assistira à deliberação. Um grupo decidiu, numa reunião caótica do "conselho", dar uma lição àquele que se recusava a trabalhar. Encarregou aos mais jovens aplicar o veredicto. Eram nossos vizinhos. Nenhuma lei ou regra explícita. Não se falou em Zaldo. Havia um motivo, para eles, forte o suficiente. Sem ódio ou rancor, preservavam a união, em cima da obsessão pelo trabalho. O mais surpreendente foi que os próprios agressores ajudaram a carregá-lo. Um deles chegou a se oferecer para fazer os curativos. Carmem repeliu toda a ajuda e ficou cuidando de Júlio. Ainda deixaram um vidro de mercurocromo e um pouco de algodão. E Anna, como disse, voto vencido, ficou na porta sentindo-se culpada por não ter sido convincente o suficiente para anularem a pena.
Após o massacre, uma fogueira grande foi acesa na frente de casa: purificação. Júlio gemendo de dor. E a pouca simpatia que eu estava adquirindo pela comunidade se apagou.

Terceira manhã.
Zé Sossego, de cócoras, esperando. Viu Júlio esmagado.
— Sem ressentimento — ele disse, apertando o ombro de Júlio. — Foi pro bem. Hoje, você descansa. Amanhã, se quiser, pode vir com a gente... Sem ressentimento?
— Vai se foder! — a resposta curta, entre os dentes, de Júlio.

Zé Sossego continuou sorrindo, sem se alterar, e virou-se para nós, intimando com olhos o nosso trabalho. Aríton preparou-se para sair. Vi nos olhos de Anna o conselho: "Vá." Não muito convencido, acabei me levantando: ao trabalho.
No caminho, Zé Sossego não tocou no assunto Júlio. Nem falou da minha fuga do dia anterior. Me tratou como se nada tivesse acontecido. Como sempre, sereno:
— Hoje, vamos tentar fazer três pontes. Três. Será que dá?
Não havia ameaça na voz. Era sincero. Fiquei desconfiado: a expedição ganhara outros rumos, sem um barco, nem rádio, um Guedes que não voltou, o equipamento confiscado e a violência. Como prosseguir, linha que muda de bitola no meio de um túnel? Três pontes a serem feitas...

Não esperei a primeira ser concluída e fugi novamente. Havia uma folha rasgada que precisava ser uma só, Zaldo. Trabalho, era só isso que enxergavam. Todos correndo, pressa, como se fosse preciso suar para ver, carregar peso e acreditar, sofrer e receber uma bênção. E cansados, depois de um dia dedicado a Zaldo, embalam-se numa rede, sem gotas, nem pensamentos, nem dúvidas: "É isso, e acabou!" Porém, ele não estava, não falava, nada. E construíam-se pontes e tudo mais. Andei pela comunidade à sua procura. Conversei com diversas pessoas, que viravam a cara, mudavam de assunto: "Sei não..." Mas afinal, por que estão aqui?!
Encontrei Anna. Ao seu lado, um rosto conhecido. Anna foi logo nos apresentando:
— Fred, escuta essa... Esse aqui é um amigo meu, antropólogo americano.
— Nós já nos conhecemos em Brasília... — Bernard, o anão albino.
— Quando você chegou?

— Cheguei ontem. Vim num barco de Ataúba. Não te disse que entro onde quero? Eu sou pequeno... Eu sabia que tinha alguma coisa errada acontecendo por aqui. Por isso fecharam a área. Estive com uns macuxi, lá na sede da Funai, em Brasília. Eles não estão muito de acordo com a adesão dos índios. Você conhece os macuxi — disse para Anna. — São irreverentes. Fazem tudo sempre sozinhos...

— Conte pra ele, Bernard. Conte o que te disseram.

— Os índios me contaram. Eles falam no Zaldo sem fazer segredo. Você conhece índio... — novamente, olhando para Anna. — Eles falam tudo, não respeitam nenhuma regra; só aquelas que dizem respeito às suas tradições, que não são regras, são partes do corpo, são a alma...

— Fala logo — Anna.

— Eu perguntei: "Quem é esse Zaldo?" Me disseram que ronda à noite, como um animal notívago. Visita uma casa. Janta com eles e depois sai. No dia seguinte, a família visitada aparece com vida nos olhos. Todos percebem que a família foi visitada. Mas não se fala nada.

— E o que ele fala, o que propõe? — perguntei.

— É aí que vem a confusão. Ninguém sabe o que ele propõe.

— Nada, Fred. Nada! — Anna, à beira de um ataque; sua descoberta. — Estão todos aqui por nada, pura catarse. Cada um vê nele o que quiser. Como uma entidade, para manter o equilíbrio. Acreditam que, estando aqui, têm o que querem. Ele é invisível! Não é ele quem manda bater. Não foi ele quem confiscou o equipamento. Como se não existisse!!

— Prometeu doar esta terra para os índios. Um parque com escritura, grande o suficiente para abrigar muitas nações. O pai dele é rico. Todos sabem disso. Tem dinheiro para comprar metade desse estado.

— Eu não acredito — interrompi. — É muito simples, ingênuo.

— Mas é verdade — Bernard. — É incrível, mas é verdade. Pros índios, qualquer aliado é bem-vindo. Você sabe que esta região é muito disputada: mineradoras, pecuaristas, Exército, garimpeiros. Eles querem fatos. E Zaldo é um fato.

— E os outros?

Foi Anna quem me respondeu:

— Vieram porque vieram. Querem acreditar em alguma coisa. Querem mudar, fazer...

Continuei a ser um elo desta corrente ingênua: fazer pontes. Júlio, vítima, sem sequelas visíveis, ignorava as iniciativas que lhe ofereciam. Não saía de perto da maloca, quase sempre observando Carmem, que observava Júlio. Bernard, o mais novo inquilino, fazia discussões intermináveis com Anna Zacha sobre a cultura dos índios e tudo mais. Bernard dizia que, para os índios, a doença é um bicho que ataca a alma, que sai do indivíduo enquanto este dorme. O pajé tem de trazer a alma de volta. Já para Anna, a doença é um espírito que ataca o indivíduo que faz algum mal para a aldeia. O pajé tem que tirá-la de dentro do índio. Eram debates que entravam noite adentro. Muitas vezes eu dormia e acordava e eles ainda, na mesma posição, com os olhos esbugalhados, como se não existisse nada ao redor, sem que os corpos reclamassem cansaço.

Tentei conhecer melhor aqueles que viviam na comunidade. A maior dificuldade era que nunca falavam do passado, como se tivessem nascido no dia em que desembarcaram na serra Urucuzeiro. Havia muita gente do Nordeste. Mas a maioria era da Amazônia. Zé Sossego, apesar do nome, era um ex-presidiário que não conseguia emprego. Todos, de uma certa maneira, tinham motivos de sobra para estar naquele lugar. No entanto, pela primeira vez, senti um descontentamento

com a demorada ausência de Zaldo. Não falavam no assunto abertamente, mas às vezes escapava uma mágoa:
— De que adianta? Ele não vê?!

As minhas constantes fugas da fábrica de pontes nunca foram punidas. Eu poderia parar de trabalhar, a hora que quisesse, e ir pra onde bem entendesse. Nunca recusar, como Júlio. Respeitavam o meu ritmo. No entanto, numa noite, achei que a paciência esgotara e era chegada a minha vez. Vi as tochas acesas se aproximarem e gente dentro da casa. Mas não. Júlio é quem foi arrastado pra fora: mais uma lição. Jogado na areia, tentando proteger o rosto do espancamento, ele teve uma luz e gritou a palavra mágica, chamando o irmão para defendê-lo:
— Zaldo!! Zaldo!!
Os porretes pararam no ar.
— Eu sou o irmão dele! Quero falar com ele!
Os porretes foram abaixados e os agressores recuaram.
— Vocês estão me matando! Matando o irmão de Zaldo!
Os agressores recuaram mais, medo e arrependimento. Alguns vizinhos apareceram nas portas. As tochas iluminando Júlio:
— Me deixem em paz!!
Ele se levantou, limpou o rosto sujo de sangue e apontou para mim. Sem reação, virei as costas e fui saindo, andando pela praia. Todos ficaram para trás, exceto Júlio, que veio correndo:
— Como foi que aconteceu? Foi antes do casamento? Quantas vezes vocês treparam? Fala, porra!!
Correu e ficou na minha frente, impedindo a passagem:
— Eu quero saber! Vamos! Só estamos eu e você! Conta tudo...
Segurou na minha camisa.
— Agora não, Júlio.

— Agora é a hora. É perfeito. Olha pra mim. Você está por cima. Eles gostam de você. Trabalha pra eles, como um empregado.
— E não apanho.
— Não muda de assunto!
— Ela foi embora.
— Fui eu que fui embora, Fred. Fui eu que não embarquei naquele avião. Fui eu que disse: Chega! Some daqui! Vá embora!
E riu, histérico.
— Precisava ver a cara dela... Foi a primeira vez que reagi. Você não sabe como eu me senti bem — virou-se para os agressores, longe, ainda perplexos, e gritou: — Eu não sinto nada! Eu sou mais forte do que vocês pensam!... — e se virou para mim: — Eles me batem e vêm no dia seguinte: "Sem ressentimentos." O caralho! Podem me bater o quanto quiserem. Não vou fazer nada pra eles.
— Não se esqueça do motivo da nossa viagem...
— Que se foda! Eu quero que ele se dane. Todos vocês... Você vai ver. Eu apanho, mas vou sair limpo, com as mãos vazias.
Aproveitei a deixa e fui saindo. Ele veio atrás:
— Ela trepa bem, não trepa? Isso ela sabe fazer...
Podemos fechar os olhos e não ver. Podemos calar a boca. Até não respirar. Ouvir, temos que...
— E ela vai voltar pra mim, Fred. Só porque eu reagi. Vai voltar apaixonada, rastejando, só porque eu disse não! Sempre abaixei a cabecinha. Fechei os olhos para o que ela fazia com Zaldo, com você, e com muitos outros. Mas eu mudei, cara. Estou cagando. Tomara que se fodam...

Já não havia controle, sentido, nem razões para a minha estada naquela comunidade. No início, o jogo estava armado, com as bolas no centro da mesa, unidas num triângulo. Mas uma tacada mal dada espalhou todas as bolas. Algumas entraram na caçapa errada; logo na primeira jogada. E o que era estratégia, caos. Revestir-se de proteção, defender-se sozinho e começar a fazer planos: ir embora, o mais rápido possível.

No dia seguinte, caiu um forte temporal que chegou a derrubar algumas casas e a aumentar o nível dos rios, arrastando a maior parte das pontes instaladas. Todos pressentiram: a ira do rei, Zaldo, furioso pelo que fizeram ao seu irmão, destruiu pontes, casas, trilhas, rasgou a terra com a força dos rios, despedaçou árvores enviando até raios. E os que duvidavam da sua força sentiram na pele. No fim da tarde, a chuva parou repentinamente, e o céu se abriu como um milagre. Pouco a pouco, as pessoas foram saindo dos abrigos e viram o estrago. Um ar de desânimo e, principalmente, desapontamento: não era justo. Muitos começaram a se acumular na frente de casa, como que pedindo perdão. Júlio, agora sim, comprovado: era o irmão de Zaldo. E a notícia se espalhou. Vieram depositar flores e acenderam velas. Naquela noite, se alguém dormiu, foi por covardia. Era o momento de pensar em Zaldo, pedir bênção e fazer planos. No meu caso, pensar na melhor e mais rápida maneira de sair daquele buraco e voltar para São Paulo.

O sol já estava forte e Zé Sossego não aparecia. Poucas pessoas indo ao trabalho. Um ar de feriado. Me senti extremamente incomodado por ter a rotina alterada e não ouvir a voz serena do meu responsável: "Ao trabalho." Júlio acordou, saiu de casa e foi andando calmamente até a beira do rio. Estava diferente. Cabeça em pé, dono de si. Antes de entrar, tirou a roupa solenemente. Olhou como se tudo ao redor fosse totalmente desprezível e entrou na água como se o rio fosse dele. Algumas pessoas pararam para observá-lo. Carmem apareceu na porta. Segurei a sua mão:

— Eu preciso falar com você...

Não me deixou acabar e foi pra água. Não a culpo: ela queria fazer parte daquilo tudo. Se conseguir, sorte dela...

E nada do Zé Sossego.

Carmem e Júlio, na água.

O índio ajuricaba, como um enviado, atravessou o rio e parou na minha frente; alguém ouviu as minhas preces.

— Vamos caçar?

Aquilo não era um convite, era uma ordem. Talvez o código: "Vou te levar embora..."

— Vamos, vamos... — respondi, entrando em casa e pegando a minha pasta.

Assim que saí, ele se pôs a caminhar na mesma direção em que veio. Acompanhei-o sem olhar pra trás, numa despedida crua, tchau e pronto. Vou-me e Deus os abençoe, Zaldo, seja... Entramos por uma trilha. O ajuricaba na minha frente, em ritmo acelerado, sem que eu deixasse que a distância entre nós aumentasse; já estava habituado a andar naquela mata. Atravessamos um descampado, onde pude perceber que ninguém fora trabalhar naquele dia: uma roda aqui e ali, de pessoas conversando, discutindo, não sei, não parei pra ouvir. Chegamos num igarapé, onde uma canoa nos aguardava. Ele entrou primeiro, sentou-se na popa e pegou o remo, esperando.

— Vamos!?

Era convincente: acabei entrando no barco. Começamos a subir o rio, onde ele remava contra a correnteza, sem fazer muito esforço. O rio era cheio de curvas com igarapés afluentes. Sempre a mata ao redor. Notei apenas um rifle. Não iríamos caçar. Talvez Zaldo quisesse falar comigo, convocando este índio para me levar até ele. Ou estou indo embora. Zaldo adivinhou. Soube da minha presença, observou-me de longe e viu, no meu rosto, o desejo de partir.

— Pra onde estamos indo?

— Pra caçar.

— Caçar quem? Zaldo?

Não se comoveu. Continuou remando, sem quebrar a cadência. Decidi provocá-lo até a morte:

— Você já foi visitado? Conhece ele?

— Claro.

— E como ele é? Adivinha pensamentos? Prevê o futuro? Faz milagres?...

— Ele fala coisas que nós entendemos.

— O que, por exemplo?

— Você não entende.

— Entendo sim. Pode falar.

— Você não entende.

— O que eu tenho de diferente dos outros? Todo mundo pode saber e eu não. Por quê?

O ajuricaba parou de remar e manobrou até a margem. Uma certa decepção quando percebi que estávamos a sós, no meio do nada, sem nenhum barco me esperando. Ele saltou primeiro, amarrou a canoa, pendurou o rifle:

— Vamos.

— Caçar?

— É. Caçar — cínico.

Entramos na mata. Segui, atento aos seus movimentos. Eu já não me cortava como antes, ultrapassando os muitos obstáculos. Caminhamos por meia hora, até darmos numa clareira; um círculo, cercado pela floresta. Paramos no centro e sentei-me numa pedra. Ele se esforçou para escutar alguma coisa. Olhei rápido ao redor. Nada que chamasse a atenção.

— Você fica aqui.
E desapareceu pela mata. Prendi a respiração e tentei escutar. Apenas o zumbido de um inseto preparando o bote. Emboscada! Esperei uma flecha voar até o peito. Vários índios saltarem das árvores e me espancarem com bordunas. Zaldo, vindo do céu, aterrissando na minha frente: "Olá, Fred. Gostou da surpresa?" Um filme rápido, de toda a minha vida, numa tela imaginária: tenho muito o que fazer... Um galho quebrado e levantei-me da pedra; é agora! Fechei os olhos, pus a mão no peito e esperei.
Fiquei por muito tempo em pé, no meio daquela clareira. Se algo fosse me acontecer, não seria naquele lugar, nem naquele momento. Dominada por uma força incontrolável, a minha mão foi para a cabeça, para o peito e os dois ombros, num sinal da cruz. Entrei na mata, pelo mesmo lugar em que tinha vindo. Talvez fosse este o objetivo: pensando que eu não soubesse voltar, me largaria só, sem nada, para que eu morresse perdido. Mas eles não contavam com um detalhe: o meu fantástico senso de direção. Minha cabeça era uma bússola. Desde criança, nunca me perdi. Iria até a margem do igarapé e, se a canoa estivesse no lugar, voltaria a remo; senão, acompanharia o leito do rio até a comunidade.
Fui caminhando sem pressa. Desta vez, com maior precisão: galhos quebrados e pés sobre folhas. Caminhei por muito tempo, sempre seguido, até me dar conta de que eu estava completamente perdido. Não encontrara o igarapé, nem a canoa, e não tinha a menor noção de onde estava. Nem mesmo voltar para a clareira eu seria capaz. Engolido:
— Ei! Você! — gritei. — Me ajuda! Eu sei que você está aí. Eu me perdi.
Nenhuma sombra, vulto, a não ser troncos.
— Vamos, por favor. Me dá uma força...

Nada.
— Zaldo? É você?
Perguntei com um tremor na voz.
— Sou eu. Fred.
Esperei um brilho no escuro, iluminação. Mas o que apareceu, a poucos metros da minha cabeça, dando um rasante por sobre as copas das árvores, e o barulho: um avião! Sua sombra passou como uma flecha. Pude ver as asas quase encostando nos galhos mais altos. Escutei um baque, rodas batendo no chão, a inversão das hélices e o avião taxiar. Eu estava a poucos metros da cabeceira de uma pista. Fui em sua direção, escutando o motor parar e vozes saudando o recém-chegado. Talvez fosse o meu passaporte para ir embora. Claro. Deixaram-me esperando, para quando o avião chegasse. Comecei a correr, escutando mais vozes. Dei um passo a mais e, como mágica, as árvores ao lado sumiram. Entrara numa clareira: o campo de pouso. Um Cessna logo à frente.
— Ei! — um sujeito, apontando-me uma arma. — *¡¿Qué pasa?!* — perguntou em castelhano.
Muitos homens armados; guerrilheiros. Descendo do avião, um oficial fardado que reconheci: capitão Borlas, de Palimiú.
— Quem é esse cara?! — um sujeito logo à frente me apontando.
— Não sei. Saiu da mata como um macaco...
E riram. Não me olhavam como um passageiro, mas como alguém que tinha desvendado um segredo. O ajuricaba não estava entre eles. Não pensei duas vezes. Dei dois passos pra trás e voltei para a mata.
— Ei! Volta aqui!
Acelerei o passo, até jogar a minha pasta longe e correr como um louco, pulando troncos caídos, protegendo o rosto com as mãos. Corri sem nenhum sentido, empurrando tudo o que via pela frente. De repente, o chão sumiu. Tropecei e rolei por

um barranco, até cair numa superfície lisa, de madeira: o convés de um barco, o barco que nos trouxe de Jundiá. Camuflado pela mata, sem o rádio, nem ninguém, o nosso barco, abandonado na margem de um igarapé. Fui me levantar e esbarrei numa coisa dura, oca. Virei a cabeça e um corpo estendido, o rosto de Guedes em decomposição. Saí rápido, aos trancos, escorregando na margem, até cair na água. Tudo girou e o sangue faltou à cabeça. Barulhos na mata. Alguém correndo. Pulou e ficou em pé, na minha frente. Era negro e tinha o cabelo em chamas. Estava contra a luz. Havia uma lança em sua mão. Ele levantou-a.

Apaguei.

Fred. Você vai ficar bom.

Muito calor. Está tudo quieto.

Escuro.

Calor, mas agradável.

Fred. Acorda, Fred. Acorda.

Acorda.

Estou abrindo os olhos.

Um rosto suave, a mesma voz:

— Eu sabia que você ia ficar bom.

Um pano branco me cobre. E aquele rosto, a voz:

— Diziam que você não ia aguentar...

Uma menina. Traz a mão e passa na minha testa. Um pano úmido. Eu fervendo e ela me toca, é doce:

— Fica calmo. Descansa. Está pelando. Mas é só malária...

Segura a minha mão.

Não me deixa sozinho.

Seja quem for.

Nunca me abandone.

Fique aqui.

Não me deixa morrer.
Está quente.
Deixa eu ver o seu rosto.
Só um pouquinho.
Abro o pano.
Eu reconheço.
Um sorriso leve.
Pequena Levell.
Macio.
Veludo:
— Descansa...
Eu vou fechar os olhos, agora.
Eu vou só fechar.
Mas fica aqui.
É só um descanso.

Balança. Me sinto envolto, carregado: me puxam. O sol pisca sobre as árvores. Um braço na minha frente, segurando a maca. Me levam por trilhas. Reconheço o rio, a areia, nossa maloca. Me deitem numa rede, por favor. Só quero dormir mais um pouco.
Pude ver Anna Zacha e Bernard, ajoelhados na frente um do outro, falando sem parar. Eu dormia e acordava, e eles falavam, falavam. Muito tempo passou, e eles falando. Não se cansam nunca?!

Juntei forças para dizer:
— Guedes está morto. Vi o barco abandonado, sem o rádio. Vi um campo de pouso. Aquele capitão de Palimiú está aí. Um negro tentou me matar.
— Calma, Fred. Você está só delirando...

A voz de veludo:
— Acorda, Fred.
Lambeu a minha boca, deitou-se comigo, alisou, alisou. Sua pele era branca, era um pano, anjo, me pedindo de volta. Emprestou suas asas e pude dizer:
— Eu estou melhorando. Fique bem perto...
Ela ficou mais perto e me deu um líquido pastoso. Beber. Agora, me deixa dormir mais um pouco...

— E Júlio?
— Está bem. Está diferente, esquisito. Parece outro. Anda com o rei na barriga. Dá ordens. Grita com as pessoas. Fala o tempo todo: "Eu sou o irmão..." Vangloria-se disso.
— Quando você chegou?
— Faz pouco tempo. Vim com o Bola, meu primo. Pegamos um avião em São Paulo até Boa Vista. Ficamos lá dois dias, procurando por um guia. Nos disseram que ia sair um barco para cá, em Caracaraí. Alugamos um carro e fomos até lá. Um dia inteiro de viagem. A maior lama. Atolamos um monte de vezes. Mas chegamos a tempo e viemos no barco, com dez pessoas, todas se mudando pra cá. O que é essa pintura no seu corpo?
— Pra dar boa sorte.
Ela riu:
— Parece que não adiantou.
— Onde está o Bola?
— Ele sai cedo. Pegam ele pra trabalhar. Volta à noite. Coitado, já é magro, vai emagrecer mais.
— Está fazendo pontes?
— Não. Uma igreja.
— Que igreja?
— Estão todos trabalhando nisso.

— Pro Zaldo?
— É. Querem que ele apareça. Dizem que é um presente. Pedem desculpas por terem batido no irmão e acham que, com um templo, ele aparecerá. Todos só falam nisso. Arrastam toras imensas. Construíram guindastes de madeira. Parece uma obra faraônica...
— E você não trabalha?
— Não. Pediram pra eu cuidar de você.
— Quem?
— Um cara que disse ser seu amigo.
— Zé Sossego?
— Não sei o nome dele. É tudo confuso. Mete medo. Primeiro, um tal de Guedes passou um rádio. Chegou a falar com o meu pai pedindo ajuda. Meu pai ficou desesperado. Ele rompeu com o governo. Quer dizer, foi o governo que rompeu com o partido. Demitiram o ministro da Justiça. O diretor da Polícia Federal também mudou. Vocês estavam aqui, e ninguém pra ajudar. Eu não sabia o que fazer, sei lá, contratar um detetive. Pensamos em avisar a imprensa. Só sei que juntamos uns amigos e eles virão depois. Viemos na frente: eu e o Bola. Deixei um bilhete pra minha mãe. Ela deve estar uma fera; não queria que eu viesse. Mas vim. O Bola chegou a trazer um revólver. Mas eles ficaram com a nossa bagagem e devolveram sem o revólver. O que foi? Está se sentindo mal? Toma isso, toma...
E deu o líquido pastoso, verde, amargo. Bebi.
— É só malária. Daqui a pouco você não vai sentir mais nada.

Estava sentado na frente de casa, fraco, mas sem febre. Havia velas e flores ao redor; provavelmente, presentes para o irmão de Zaldo. A pequena Levell fora me arrumar comida. Era fácil: bastava se servir numa das várias mesas que havia na comunidade.

Uma fila de pessoas passando. Carregavam sacos e malas. Guiadas por um índio, olhavam tudo com um interesse dobrado. A felicidade em seus rostos, maior que o cansaço da viagem. Era agradável ver novos adeptos chegando. Traziam o ar da cidade, civilização, sem os vícios da comunidade.

Um grupo carregando mochilas pesadas. Havia uma voz de comando entre eles:
— Fecha. Fecha mais. Aí ó! Fica um pouco. Agora vem. Vem...
Um deles, com uma câmera de vídeo profissional, câmera de televisão! Pararam na minha frente e, como um pelotão de fuzilamento, prepararam, apontaram: câmera, lente, microfone.
— Aqui, vamos pegar esse aqui. Abre mais um pouco. Mais um pouco. Pode ir?
— Está rodando.
Uma pergunta:
— Como é a vida de vocês aqui?
Silêncio. O entrevistador consultou o câmera:
— Está rodando?
— Está! Vai logo!
A pergunta:
— Como é a vida de vocês aqui?
Silêncio.
— Fala um pouco, mas olhando pra câmera.
Silêncio.
— Fala qualquer coisa.
Continuei quieto. O entrevistador consultou o que parecia ser o produtor:
(— O cara não fala nada.)
(— Tudo bem...)

O produtor mandou prosseguir. Enquanto o pelotão caminhava à procura de outro alvo, o produtor:
— Me falaram que você é do *Brasil-Extra.*
— Não confiscaram o equipamento?
— Lógico que não.
— Por que não?
— Porque é nosso.
— Quem chamou vocês?
— Ninguém.
— Mas como souberam?
— Como todo mundo: lendo os jornais.
— Já saiu nos jornais?!
— Inclusive no seu.
— Não havia acordo com a imprensa?
— Antônio Levell chamou a imprensa. Deu uma coletiva.
— Estão deixando vocês entrarem?
— Normal. Os caras aqui querem que todos vejam o templo que estão construindo. Ficam direto atrás da gente, pedindo pra filmarmos a igreja. Coisa de louco. Você já viu? Um negócio imenso, desproporcional, no meio do nada... E estão dizendo que o tal Zaldo vai aparecer. Escuta. Me contaram que você já está há bastante tempo aqui. Eu queria fazer uma exclusiva, com calma. Você podia contar tudo o que viu.
— Não.
— Mas é importante. Aqui, ninguém fala muito. Só mostram a igreja. Vai ser bom pra você. Divulga o seu nome...
— Que nome?...

Depois de algumas trilhas familiares, chegamos numa clareira que, percebi, fora alargada havia pouco tempo; pátio de obras. Um entra-e-sai de pessoas correndo, entre elas, Bola, coitado, com uma cara exausta, numa fila com cordas, puxando um tronco. Muitas mesas de comida. A igreja quase pronta, suficiente para abrigar uma multidão. A base, toras em cima de toras, e um telhado oval, de palha. Uma grande corrente humana cercava o local e observava o trabalho de longe: velhos, mulheres, crianças doentes, fotógrafos, câmera de vídeo, gente da imprensa. No centro, filas de pessoas puxando, levantando. Martelos no telhado, furando madeiras. O chão, forrado de pedras. A todo tempo, alguém passava correndo, empurrando quem estivesse na frente. Ninguém demonstrava cansaço. Júlio estava parado na frente da igreja, numa pose solene, como se fosse o engenheiro responsável. Zé Sossego passando. Fui atrás dele. Assim que me viu, parou e abriu um largo sorriso.

— Olá, moço! Já tá na batalha? Que tal a enfermeira que te arrumei?

— Eu preciso ir embora. É melhor eu me tratar num hospital.

— Mas não. Tua cara tá boa. Um pouco branca. Mas já curou.

— Eu preciso ir. Eu não estou bem.

— Faz isso não. Hoje à noite inauguramos a igreja. Só faltam os últimos retoques. Vai ter uma grande festa. E ele vai estar aqui. Não é mais boato. Foi confirmado. Ele virá.

— Quem? Zaldo?

— Claro. Finalmente vai aparecer. Fica mais um tanto. Precisa trabalhar não. Aprecia. Fica aí, descansando...

— Eu quero ir embora!

Gritei. Ele tirou o sorriso, perdeu a serenidade e falou, duro:

— Pode ir. Ninguém tá te prendendo. Você é livre. Todos são.

— Como é que eu faço?

— É só ir.

— Tem algum barco?

— Tem um que sai daqui a uns dias.

— Quando?
— Eu te aviso...
Sentia nele decepção:
— Não gostou?
— Não é isso...
Pôs a mão no meu ombro e um sorriso delicado:
— É difícil ter fé. Nem todos conseguem. E você foi pro lado mais fácil. Uma pena.
Não falou mais nada e voltou pro trabalho. É difícil ter fé...

Estava ao lado da menina, observando de longe a multidão trabalhando; últimos retoques. Mamelli e a atriz, abraçados, vieram na minha direção:
— Não notou nada diferente? — apontou para a sua companheira, que levantou a camisa e mostrou a barriga. Nada diferente.
— Não dá pra perceber — ela disse, esfregando as mãos na barriga.
— Vamos ter um filho.
— Que bom. Parabéns — a pequena.
— Vai nascer aqui. Não é uma sorte?
— Uma criança especial — a atriz, ainda esfregando a barriga.
— Seria bom se vocês dois também tivessem um filho — ele disse pra mim e pra pequena Levell. — É uma oportunidade e tanto criar uma criança neste lugar. Temos que encher isso aqui de crianças. Uma outra mentalidade. Temos tudo de que precisamos. Temos paz... Onde você encontra pessoas trabalhando tanto?
— E você não trabalha? — provoquei.
— Trabalho. Não viu o que fizemos? — apontou para uma grande escultura de palha, uma bola gigante. Reconheci: o manto que fabricavam. — Quer empurrá-la?

— Não. Obrigado.
— Vamos. Quem quiser pode rodá-la. Vamos lá, Fred.
— Vamos... — a futura mamãe.
Olhei para a pequena, que parecia estar disposta a participar da brincadeira.
— Não.
Virei as costas e saí. Minha enfermeira veio atrás:
— Eles só estavam tentando ser simpáticos.
— Você quer ficar ou quer ir comigo?
— Acabei de chegar.
— Quer ou não quer?
— Mas e o Zaldo?
— Foda-se!
Ela se assustou.
— Ele nem aparece. Vai ver está morto.
— Claro que não! O que você está falando?! Vai aparecer hoje à noite.
— Não vai.
— Como é que você sabe? E depois, vim até aqui para levá-lo de volta. Eu não saio daqui sem ele.
— Você que sabe. Mas se quer um conselho: vai embora daqui.

À noite, grande festa, até fogos de artifício soltaram. Eu, única ausência, em casa, ouvindo o barulho de longe. Um clarão no céu, o sinal de uma fogueira por lá. A comunidade funcionava bem sem ele. Por que precisavam de um Zaldo? Ele nunca apareceu, e ninguém se importava, poderiam continuar vivendo, cumprindo com as obrigações, e imaginando estar num lugar privilegiado, sob as asas de um ser iluminado. Mas um buraco se abriu. Talvez Júlio. A aparente paz foi substituída por um descontentamento coletivo. E todos queriam ver Zaldo, ouvi-lo, tê-lo como mestre. Zaldo, se é que existe, se é que está vivo, não quis se eternizar. Talvez nunca teve nada a dizer, e fez o mistério falar por si. Ele não iria aparecer.

Dito e feito: Zaldo não apareceu. Nem na festa, nem depois. O templo ficou lá, construído para ser o altar. Mas nada. "O que ele quer?" "O que mais podemos fazer?!" A resposta era uma só: ele não existe. E muitos chegaram à mesma conclusão. O que era para ser palco de um mundo novo ficou às moscas: uma igreja abandonada. Por mais que Júlio tentasse unir as pessoas, representando o irmão, os descontentes começaram a fazer planos de ir embora. A imprensa, que chegou a ficar de plantão, dispersou-se pela comunidade. Alguns dos adeptos voltaram aos afazeres antigos, sem o mesmo impulso: quem quisesse trabalhar trabalhava. Era óbvio que se perguntavam: "Afinal, o que estamos fazendo aqui?" Eu, esperando alguém me dizer a hora do embarque. O que era união implodiu. A paz, aparente: cobra de fogo querendo sair. Zé Sossego me disse que os guias, em Boa Vista, já tinham sido avisados, e muitos barcos estavam a caminho, para buscar os descontentes. No dia seguinte chegariam vários deles, prontos para voltar. Muita gente iria embora.

— Você vai também? — perguntei ao "meu responsável".

— Sei não. É bom aqui. Acho que fico.

Claro que, por ser a minha última noite, eu não conseguia dormir. E para piorar desabava um temporal daqueles. Fiquei sentado, observando goteiras furando o telhado. Carmem e Júlio, abraçados, dormiam um sono profundo. Anna e Bernard não estavam: provavelmente, juntaram-se aos índios, celeiro de ideias. Aríton, no fundo, também sentado, me olhando sem expressão. O primo Bola dormia, exausto. A pequena Levell tossia: estava toda molhada e fritava na rede, sem conseguir dormir. Eles sabiam que eu estava de partida. Ninguém iria comigo. Olhava para eles numa despedida silenciosa. Um re-

lâmpago iluminou a maloca. Havia uma pessoa em pé, bem no meio. O estrondo veio a seguir e mais um relâmpago. Era negro. Seus cabelos brilhavam como fogo. Seus olhos, dois rubis acesos. Estava sozinho. Zaldo! O estrondo. Levantou uma lança de três pontas.
— O terceiro olho de Shiva. Nascimento, vida e morte. Passado, presente e futuro. E vocês aqui. É bom e ruim... Por que vieram?
Pasmo, sem voz, fiquei no mesmo lugar. Era ele mesmo:
— O sol, tocha que ilumina, arma de Hércules, cauteriza as feridas, dá a luz, a verdade... Quero verdade.
Mais magro. Com o corpo todo pintado de negro, e o cabelo dourado, em chamas: uma tocha.
— Por que vieram?
Aríton foi o primeiro a falar. Pela primeira vez, ouvi a sua voz:
— Viemos te buscar.
— Eu não posso ir embora. Você viu, não viu? Um cavaleiro, domando a matéria e o espírito, como um santo que sofre e trabalha na escuridão, na culpa, para transformar, elevar um povo à glória... Guardo tesouros da origem...
— Você vai embora com a gente! — Júlio.
— Júlio, Júlio, sempre afobado, nervoso. A maior atividade é a calma. Não há outra ação a não ser a espiritual, dirigida à verdade. Na origem, o universo não era nada. Tornou a ser, um ovo que se abriu. Das duas metades, uma era de prata e a outra de ouro, a terra e o céu. É um lindo lugar. É seu. Seu também, Fred.
— Não é o seu lugar. Você não é daqui — Júlio.
— Não?
— É um inferno. Não é de ninguém — Júlio.
— É de todos. E reina a paz...
— Paz?! Que paz?! São um bando de ignorantes que não têm onde cair mortos.

— O seu problema, Júlio, é que sempre foi o primeiro a se comparar comigo, desde criança...
Isso parece ter atingido Júlio. Zaldo:
— Por que tanto ódio? Aqui, somos um povo lunar, uma família...
— Sua família está preocupada — Aríton. — Querem você de volta.
— Minha família é quem me ouve. Eu não tenho casa. Vivo no horizonte, até onde a sua vista alcança. Vivo no espaço, entre o cosmos e o caos. Abra o seu corpo. Deixe entrar a luz. Ela te aquece, te dá forças, e você mora comigo, no centro, entre o cosmos e o caos...
— Para com isso, Zaldo! — Júlio. — Vamos pra casa; de uma vez por todas!
— Eu não quero esse ódio. Eu tenho um reino. Eu os conforto. Tenho um sentido. Eu sou todos.
— Você é um homem confuso, que precisa de tratamento — Júlio.
Zaldo aparentemente mantinha-se calmo. Mas um bom observador percebia um olhar carregado, triste, como se estivesse num castigo. Júlio ficou em pé.
— Reneguei tudo e me abri, para que vissem o que se pode fazer. Fechados, somos um vazio, que é nada; e nos achamos os reis do universo. Sofrendo por querer tudo, sendo nada. Quando se abre, derruba-se o mundo. Vocês têm que se abrir comigo, transcender, passar deste círculo limitado para a eternidade...
— Você não é nada. Você não é daqui!
— Sou um estrangeiro, destinado a substituir, mudar, governar...
— Você é um filho, um irmão. Não tem superpoderes. Eles acreditam em você porque não têm em que acreditar. Eles acreditariam em qualquer coisa. Sempre foi um cara nor-

mal. O que aconteceu? Por que tudo isso?! Vamos pra casa. Chega dessa loucura.

Zaldo abriu os braços e deu uma volta pela casa. Parou debaixo de uma goteira. Levantou o rosto e bebeu a água da chuva, que começou a escorrer pelo corpo.

— Alguém já disse que o homem é a única criatura que se recusa a ser o que é. Hoje, eu sou pensamento. Sou o que eles querem ter. Minha alma se espalhou nessa terra. Eu sou tudo... Abandonei o que era, para ser um simples pensamento. Um pensamento que pode salvar...

E sorriu, olhando pra mim. Ele sentia prazer com a água escorrendo pelo corpo. Júlio, de novo:

— Você está louco!

— Se quiserem ficar, esqueçam tudo. E eu vou estar dentro — apontou para a irmã, que recuou a cabeça de medo: — Como está linda. Parece uma fada...

— Para, Zaldo! — Júlio gritou, e foi até o irmão. Chegou a pegar nele: — Vamos lá. Você está vivo. Nós estamos aqui por sua causa. Estávamos loucos pra te encontrar e te levar de volta. Vamos cuidar de você...

Zaldo não se mexeu. Era como se o irmão fosse um vazio, aquele apelo, numa outra língua. Levantou o rosto para novamente beber. Ficou por instantes parado. Até se virar rápido e subir como uma bala.

Fomos visitados.

Amanheceu, e Zé Sossego, na porta:

— O barco chegou. Quer ir?

Não fui.

A maioria foi embora, inclusive a imprensa, que saiu reclamando de fraude. Não contamos pra ninguém o que vimos,

exatamente para que a maioria fosse embora. A comunidade, vazia, recuperou a serenidade de antes. Alguns ainda acreditavam que Zaldo fosse o rei, e que logo apareceria. Outros queriam apenas viver na cidade que se formou. Andei pra cima e pra baixo, querendo vê-lo novamente. Nos falamos muito pouco. Ou melhor, ele falou. Fiquei mudo, como um leão enjaulado. O tempo, linha curta, partiu-se. Houve um Zaldo, vivo feiticeiro, que reproduziu as palavras de um líder, entregou uma causa. Elas nem existem mais. O mundo perdeu a graça. E Zaldo está vivo...
Encontrei muitos dos que teimaram em ficar. Quantos não foram também visitados? Se insistiam, é porque conheciam mais que as aparências. O fechar dos olhos, cúmplices: "Ele existe, eu vi, acredito."
Eu também vi.

O templo estava às moscas. Ninguém sabe como, apareceram adeptos do Santo Daime; e ocuparam aquilo que era para ser a casa de Zaldo, sem que fossem impedidos. Para marcar uma presença, os "intrusos" prepararam uma grande festa, com direito à bebida. Muitos da comunidade preferiram se manter a distância, até porque o rei era outro. Mas teve aqueles que aderiram e participaram do rito.
No meio da igreja, colocaram uma mesa com o Cruzeiro. Ao redor, esperávamos o grande momento. Foi servida a bebida. Os maracás iniciaram o ritmo. Começaram a cantar e dançar:

"As estrelas já chegaram
Pra dizer o seu nome
Sou eu, sou eu
Sou eu um filho de Deus"

"A morada do meu Deus
É o coração do mundo
Onde existe todo amor
E tem um segredo profundo"

Carmem e Bola tomaram a bebida. Aríton ficou na dúvida; algo dizia para tomar, mas parecia não ter coragem. Acabou tomando. Carmem começou a cantar o hino compenetrada. Sua voz, a mais forte de todas, seus olhos, os que mais brilhavam. Nem eu, nem Júlio, nem a menina tomamos o Daime. Mas, como a maioria, respeitamos todas as formas de vida.

"Sou eu, sou eu
Sou eu um filho de Deus"

Começaram a rezar o pai-nosso. Apareciam algumas pessoas atraídas pela movimentação. Os que se frustravam por não ver Zaldo comandando a reza iam embora. Outros ficavam de longe, sem participar. Fizeram silêncio e iniciaram o trabalho de concentração. Harmonia entre os homens, amor, verdade e justiça. Algumas tosses, alguém engasgando, vômitos. Vozes consolando os que passavam mal; palavras de conforto:

— É preciso rezar.

— Tenha fé. Tenha amor...

— Ele está perto. Deus está perto. Adore Ele...

Depois de quase uma hora, os que beberam já estavam em transe. Carmem sentou-se, cruzou as pernas e ficou com as mãos juntas no peito. Aríton uivou como um lobo. Palmas e pandeiros para anunciar mais um hinário. Dançaram e cantaram:

"Eu vou em frente
Porque agora estou pronto
Com os maracás na mão
Meu Pai me dá forças
Me entregou o poder
Pra viver nesse mundo
E saber me defender"

Num ritmo cada vez mais alucinado, alguns tombaram e, com a cabeça no chão, gemiam:
— Eu vi! Eu vi!
Palmas, num crescente, evocando o intocável, superior. Vozes incompreensíveis. Cada qual numa experiência única de adoração; a sua revelação. E pediram cura, respeito à natureza, equilíbrio. As palavras se misturavam. Uma mulher girava gritando no meio do salão. Carmem começou a chorar alto, como um bebê. Aríton saiu do templo correndo. Bola, assustado, tentava bater palmas, mas fora do ritmo. As mãos levantaram-se suplicando, buscando do céu toda a luz do Universo, clamando por Ele, que venha a nós, o Vosso reino, e seja feita a Vossa vontade. E ele surgiu no meio do salão e gritou:
— Chega!
Derrubou o Cruzeiro e arrancou o pandeiro da mão de um tocador. Era ele:
— Parem com isso!
Zaldo:
— Vão embora daqui!
O corpo negro, jenipapo, e o cabelo dourado, grãos de ouro, em chamas. A tocha:
— Todos vocês, vão embora!!
A música parou. Muitos fecharam os olhos, medo. Alguns ajoelharam-se: "Ele, finalmente!" Uma mulher desabou no chão e chorou:

— Tende piedade, tende piedade...
Mais gente chorando. Outros apareceram na porta, com os olhos esbugalhados e o coração vibrando: "Ele existe!!" Iluminado pelas velas, Zaldo, meu amigo de infância, com os olhos fumegando ódio. Parou, segurou a lança de três pontas, abriu bem os braços e gritou:
— Não fui eu quem chamei! Vocês é que vieram! Agora, eu ordeno: vão embora! Me deixem em paz!!
E ficou por instantes na mesma posição. Enquanto mais e mais foram chegando. Anna Zacha apareceu ao meu lado:
(— Eu não acredito. É ele?!)
Júlio, ao meu lado, foi agarrado por uns quatro índios. Levaram-no para fora, à força. Uma mulher segurou Zaldo, que teve de empurrá-la, criando mais confusão e gritaria. A essa altura, o templo já estava apinhado, mas ninguém ousava se aproximar dele. Ele fechou os olhos e ficou, duro, com o rosto voltado pro teto. Aos poucos, foram se acalmando, até um silêncio absoluto. Ninguém se mexia. Ele abriu os olhos, e começou, alto, para que todos ouvissem:
— Você é flor, é animal, é uma gota de chuva, um pedaço do céu. No meu reino, você não pede, não chora, não ri, não existe. No meu reino, somos iguais. Do mar ao vento. Do céu à Terra. Somos uma coisa só. Somos vida. Vocês viram que certos sonhos podem ser reais.
Parou de falar. Murmúrio, falação com o vizinho, até o silêncio voltar.
— E digo a vocês. Houve um dia em que as trevas cobriam a face do abismo e fez-se a luz. Separou água das águas, produziu a terra, a semente, o verde e fez os peixes, as aves, os animais. Houve um dia em que se fizeram os homens, e vocês estão aqui.
(— Isso é da Bíblia. —) Anna, pra eu ouvir: (— Ele cita o Gênesis...)

— Haverá um dia em que a ira jogará fogo sobre a Terra! Choverá pedras e o sangue cairá em vocês! Eu sou o princípio. Eu *sou* o fim! Acabou! Vão embora!
Pegou um castiçal, com velas acesas, e jogou para o alto. As pessoas recuaram. Acompanhamos o voo das chamas, que atingiram o teto, e começou: fogo. A inquietação tomou conta. Poucos acreditavam no que viam: a chama aumentando, criada pelo rei, queimando o telhado do que era para ser o seu castelo. Em poucos minutos, dominou todo o templo. Pânico e horror. Enquanto começaram a correr, atropelando-se uns aos outros, ele ficou parado, com os olhos fechados e fagulhas caindo ao seu redor. A fumaça escureceu o que era a visão do impossível: Zaldo destruindo o seu templo.

Ninguém moveu um dedo para salvar aquilo que fora o orgulho de suas vidas. Amanheceu e a multidão não arredou pé, assistindo ao espetáculo em silêncio, triste, incrédula: queima completa. Uma fumaça vermelha permaneceu pairando sobre nossas cabeças. Não havia vento, som, uma palavra sequer. E o autor de toda a tragédia desaparecera no meio das cinzas. Procurei Júlio. Ele não estava. Em nenhum canto.

Ajuricaba apareceu:
— Venha.
Já esperava por isso. Mais uma vez, obedeci. Entramos na mata, numa trilha de difícil acesso, desconhecida. A fumaça vermelha ainda sobre nós. Contagem regressiva. O fim está próximo. Fomos dar na praia de um igarapé em que eu nunca havia estado. Caminhamos um bom tempo pela areia, até encontrá-lo, de olhos fechados, sentado com as pernas cruzadas, e as costas apoiadas num casco de tartaruga. Muitos índios por perto, nervosos, discutiam entre si. Alguns com uma fai-

xa preta pintada no rosto, e flechas encaixadas nos arcos. O ajuricaba indicou um lugar para eu sentar. Zaldo, de olhos fechados: meditando? Um grupo de uns vinte guerrilheiros vinha caminhando pela outra extremidade da praia. Também discutiam, gesticulando um com o outro, nervosos. Viram que eu estava na frente de Zaldo e pararam. Ficaram esperando de longe. Um pássaro deu um grito e voou para o alto, sumindo na fumaça. Uma formiga subiu no meu pé. Tempo. Ele começou a falar, de olhos fechados:

— O profeta é o que fala pra frente, sem tempo verbal. O futuro e o presente parecem situados numa mesma praia. O mundo sangra. Foi ferido pela lança que jogaram para o alto. Ela voltou, na mesma velocidade, e cravou no peito. Quis operar a ferida, e o que há de errado nisso? Quem sou eu, Fred?

Abriu os olhos e me encarou:

— Que culpa tive se eu vi a ferida? As mulheres me ouviram. Elas ouvem melhor: sou um pai que sabe o que diz, e sou um filho frágil. Mas se existisse a perfeição, não existiriam promessas. Você é meu amigo. Te vi na mata, perdido, sem saber pra onde ir. Depois, saiu correndo com medo, até cair na água. Me responde: eu sou mágico?

— Não sei.

— Eu tive a visão. E de repente estava cercado, e queriam mais, sempre mais. Estou confuso, Fred. Vocês me deixaram confuso, não é incrível? Um rei não sente o peso da coroa. Estou confuso e cansado... Me desculpe se te decepciono. Eu sempre gostei de você. Cada um foi levar a sua vida. É bom ter você aqui. Fico orgulhoso e triste. Triste ao saber que veio com outros propósitos. Quais são eles?

— Já não sei mais.

— Que bom... Quem te chamou?

— Sua família.

— Você esteve com eles?
— Estive.
— O meu pai?
— É.
— Ele está preocupado?
— Ele quer você de volta.
— Não sei... Ele é forte. Mais do que se imagina. Fui uma pedra no seu bolso por muito tempo. Mas eu gostava dele. Como gostava... Não se ama por todo o tempo. Existiu um japonês, Sakoro. O nome te é familiar? Sakoro se chamava Hato. Os dois arquitetaram o golpe. O meu pai e esse japonês queriam tirar o seu pai do páreo. Eu soube disso por acaso, bem depois. O meu pai acabou com a sua família. Se foi capaz disso, não poderia acabar comigo? É duro conquistar a confiança de alguém. Mas é tão fácil perdê-la... Sofro de uma doença incurável: desilusão. Propus um mundo verdadeiro, onde tudo fizesse sentido, sem mentiras, forças invisíveis, um mundo possível de se entender. Mas jogaram outra lança para o alto. Olhe só — apontou para as pessoas ao redor. — Estão me usando. Lutam pela sua sobrevivência. Mas e os outros? Justiça, ela existe, não existe?
— Não.
— Eu sabia que você ia dizer isso. Nem eu consigo separar o possível do impossível. Água tem gosto, cheiro e cor. A lança vai cair aqui, no meu peito. Preciso de ajuda, para admitir quem eu sou. Júlio está fora. Foi cruel comigo, não achou? Fiz ele ir embora. Eu precisava pensar. E ele estava atrapalhando... Chega mais, Fred.
Obedeci.
— Mais...
Me aproximei. Nossos rostos quase se tocaram. Ele falou baixo, sussurrando:

— Esta fumaça vermelha que você vê é para nos esconder por instantes, enquanto a lança faz a curva no céu. Ela vai descer. Estou aprisionado, sem forças, e sinto medo... — respirou fundo e falou baixo; quase não pude escutar: — Eu quero ir embora. Me tira daqui. Vamos embora.
E a fumaça desceu.

Encontrei a pequena Levell em casa, já quase intoxicada.
— Onde estão os outros?
— Não sei...
Peguei no seu braço e corremos para a margem. Não se via nada, a não ser fumaça. A menina teve um acesso de tosse. Atravessamos o rio. Muita gente surgindo do nada, em desespero. Lenços nos rostos e olhos vermelhos, imagem familiar.
— Pra onde está me levando?!
— Nós vamos fugir. O seu irmão está nos esperando.
— Júlio?
— Júlio já foi embora.
Ela se soltou e começou a correr no sentido contrário. Consegui alcançá-la.
— Vamos!
— Ele está louco! Ele pôs fogo naquilo tudo!
— Você quer morrer?!
Agarrei firme o seu braço e voltamos a correr. A maioria das pessoas atirava-se nas águas e corria sem direção. Entramos por uma trilha e, pulando os obstáculos, corríamos como nunca. Chegamos num igarapé. A canoa estava lá. Mas ele não! Havíamos combinado!! Entrei na canoa e sentei a menina no meio do barco. Onde ele está?! Cheguei a desamarrar a canoa e a segurar o remo. A fumaça cobria tudo a nossa volta. Finalmente, um vulto surgindo do nada. Corria saltando, até pular no barco:

— E os outros?
— Não achei ninguém.
Comecei a remar no sentido da correnteza. Zaldo ajudava com as mãos. Ganhamos velocidade e nos afastamos da margem, até corrermos pelo meio do leito. Entramos em outro igarapé, e mais outro. Notavam-se, atrás da fumaça, pessoas correndo em pânico. Algumas atiravam-se na água e nadavam. O igarapé alargava, até entrarmos num rio de águas escuras e profundas.

A fumaça foi deixada pra trás. Paramos de remar. Levados pela correnteza. Exaustos. O silêncio era duvidoso, irreal. Zaldo me olhou. Riu. A menina parecia séria, encolhida no meio do barco. Ele me apontou e riu mais ainda. Comecei a rir. Gargalhar. Toda a floresta escutando a nossa gargalhada. Quando ele parou e pôs o dedo em riste na boca:
— Shhh!
Estava tudo quieto demais. Um disparo foi dado no meio da mata. Olhei para a margem. Nada que chamasse a atenção. O zunido. Uma bala. Um buraco no peito de Zaldo. Sangue. Seus olhos dentro dos meus. Ele aos poucos abriu um sorriso, abaixou a cabeça, pôs a mão no peito e foi se soltando, até cair na água, morto. Por muito tempo, o corpo ainda nos acompanhou, boiando, levado pela correnteza, até afundar, aquele que um dia foi o início e o fim. Me levantei e dei um grito, que voou sobre a água e chocou-se com todas as árvores, desfolhando itaúbas, copaíbas, andirobas. Um grito que deixou paralisados todos os animais, acordou botos, pirarucus, pacus, tucunarés, suçuaranas, capivaras, surucucus, cururus, guaribas, deixou tonto o jurupari, ser divino da floresta, apagou queimadas, fez tremer as bases de sumaumeira das palafitas, subiu o nível dos rios, inundou as cidades, demoliu

castelos de areia, abriu um grande abismo onde afundou o oceano. Um grito de apagar o sol.

Não voltei a pegar no remo. Deslizávamos, túnel verde da floresta, uma correnteza encarregada de nos levar, levando, levando, algum lugar, ir. Fiz pouco para salvá-lo. Fé não é mágica, é razão. Falhei, e será fardo, por toda a vida. Que eu seja o primeiro a ser devorado pelo grande dragão vermelho de sete cabeças. Deus, essa invenção leve, ar, sempre fora, sempre dentro...

Numa encruzilhada, dois rios. A correnteza escolheu o caminho. Certo ou errado?

A ira: começamos a andar rápido, cada vez mais rápido, até surgirem as primeiras pedras e quedas-d'água. Controlar a canoa. Descemos um grande desnível. A menina segurou-se nas bordas e tentou tirar a água que entrou no barco. Um grande barulho, à medida que avançávamos, e a nuvem de vapor: uma cachoeira à nossa frente. Remei até a margem, descemos no chão firme, abandonamos a embarcação.
Entramos na mata, orientados pelo leito do rio, sempre indo, indo. Escureceu. Paramos e acampamos debaixo de uma árvore. Ficamos os dois sentados, sem pregarmos os olhos, assistindo à chuva desabar sobre a floresta.

Mal amanheceu e já estávamos a caminho, com o rio ao nosso lado, indo, indo sem olhar pra trás. No início da tarde, o rio fazia uma curva. Fiquei por minutos na dúvida, até deixarmos a margem, entrando mata adentro. Marchamos por entre sapopemas e mungubeiras, árvores gigantes, por vezes com a lama nos pés. Alguns riachos ocasionais de fundo de pedras e águas rasas. Já no fim da tarde, a paisagem mudara: mata menos densa e clareiras mais frequentes. A visão de um tapiri de folha de palmeira nos animou: o barraco de um seringueiro, acampamento com panelas abandonadas e vestígios de uma fogueira, primeiros sinais de presença humana, onde passamos a noite. Sem comermos havia dois dias, novamente não dormimos. Tudo fazia crer que estávamos no caminho certo, no caminho da civilização.

Foi no terceiro dia que a paisagem mudou bruscamente. Em vez de árvores, pequenos arbustos, isolados, alguns troncos cinza, queimados. A chama de um homem esteve ali, paisagem lunar. Indo...

E no meio do nada, uma estrada, linha de terra que se perdia nas duas extremidades do planeta. Não havia marcas de pneu. Pelos mapas que um dia olhei, sabia exatamente onde estávamos: a rodovia fantasma, perimetral Norte, que vai de nenhum lugar a lugar nenhum. Seguimos pela estrada, para lugar nenhum. Por vezes, era mais larga que um rio. Por vezes, dominada pela floresta, não passava de uma trilha medíocre, humilhada, quase que pedindo desculpas por ter de atravessá-la.

Mais uma estrada. Estamos sempre cercados por elas. "A rota para cima e para baixo é uma, e a mesma."
O sol estava a pino quando encontramos um quadrilátero de casas de madeira, totalmente abandonadas. Uma placa enferrujada.

AGROVILA CASTELO BRANCO

Casas dominadas por trepadeiras, com os vidros das janelas quebrados, tetos destelhados, e itaúba, madeira pintada de azul, podre; como tudo.

Entramos de porta em porta. Um bujão de gás pela metade, alguns brinquedos de criança, uma enxada, colchões apodrecidos pela umidade, panelas, talheres, facões e roupas mofadas. Uma capela sem teto, com um crucifixo no chão. Peguei-o em minhas mãos e pendurei no lugar. Nos fundos, uma horta coberta pelo mato e um pomar; frutas, tucumã, mandioca e abóbora. Achamos fósforos e fizemos uma fogueira no meio da capela. De barriga cheia e deitados em bancos, dormimos sono-pesado, sob a bênção de Cristo.

Nem amanheceu e eu trabalhando. Escolhi uma casa e capinei a sua frente. Arranquei trepadeiras das paredes, varri com galhos o seu interior, arrastei os melhores colchões, peguei tudo que era útil e instalei os equipamentos na cozinha. Subi no telhado para consertar algumas telhas e vi a menina acordada, apoiada na porta da capela.

— O que você está fazendo?

— Estou reformando a casa.

— Reformar pra quê?

— Você viu como estava feia, tudo caindo aos pedaços. Nós temos que tomar conta do que é nosso...

Comemos alguma coisa e voltei pro trabalho. Consertei como pude os encanamentos e trouxe, em baldes, água de um igapó, para encher a caixa d'água. A menina ficou o tempo todo sentada numa varanda. Ao seu lado, uma porta que batia, batia, batia; vento: seu rosto, bronzeado. Havia marcas brancas no pescoço e nas sobrancelhas. O cabelo, dourado pelo sol. Não me ajudou em nenhum momento. Ficava parada, com um capim no canto da boca, olhando pro nada, e a porta batendo. No banheiro, liguei o chuveiro e uma ducha de água fria, cor de ferrugem. Entrei debaixo d'água.

— Vem! — gritei. — Vem tomar um banho! Ihúúú!
Não veio. Cada batida da porta era um "Não!", "Não!", "Não!", "Não!". Por que recusar o óbvio? Rasguei umas roupas que estavam velhas e vesti a melhor. Juntei cacos e me vi num espelho: bem...

Saí da casa com um facão: fazer uma vistoria ao redor. Andava na mata em silêncio, observando todos os barulhos, de olhos atentos, pronto para a caça. Vi macacos, morcegos, araras, um tatu correndo. Preciso fazer um arco e flecha imediatamente. E uma zangaia, arpão com ponta tripla, para pescar. Devo ser objetivo, pensar mais rápido.

Voltei antes que escurecesse e notei que ela não estava. Procurei em todos os cantos. Nada. Na estrada, as suas pegadas visíveis. Com uma corda, fui atrás, correndo sem fazer barulho, como fazem as suçuaranas. Segurei firme o facão, pronto para o ataque, e corri em zigue-zague, matintaperera, duende brincalhão da floresta, hiiiaaaaa!! Parei e subi numa árvore à sua procura. Não estava longe.
A poucos metros, ela me viu e começou a correr como uma alucinada. Presa fácil: em pulos, alcancei rápido e me joguei sobre ela.
— Não! Me solta! Me solta!!
Fiquei por cima, prendi seus braços com os joelhos e amarrei. Primeiro um pulso, depois o outro, até, numa laçada só, imobilizá-la completamente. Voltamos. Ela resistia esperneando. Gritava todo o tempo:
— Me solta, seu animal!
Não dei ouvidos.
Em pouco tempo, com uma força que nunca tive, arrastei-a de volta. Amarrei numa coluna da varanda e voltei ao traba-

lho. Preciso fazer desta casa um castelo, o mais rápido possível, e com a competência de um grande arquiteto. De que tanto ela reclama?!
— Seja uma boa menina e para de chorar!
Um filete de sangue, dos seus pulsos. Não me importo. Será bom um pouco de dor. A dor nos acorda e enxergamos longe, o sentido de tudo, o futuro que não existe. Presente: estamos aqui, homem e mulher, e muito há de ser feito, pelo Bem.

À noite, eu já não aguentava ouvi-la chorar. Entrei na varanda com raiva:
— Em vez de chorar, podia começar a me ajudar!
— Está machucando.
— Eu sei disso.
— Me solta. Prometo não fugir.
— Quer me enganar? Eu penso longe.
— Eu juro...
Está me deixando cheio. Mas é claro que eu não vou soltar. Pensa que sou louco?! Daqui a pouco ela para e descobre que o que eu estou fazendo vai ser bom pros dois, pra mais gente, pro mundo: um sentido. É uma menina linda. Parece ter boa saúde. Vai ser uma esplêndida mãe.

Termino o arpão de três pontas e noto um silêncio lá fora. Caminho sem fazer barulho. A menina dorme como um anjo. Tenho pena dela. Desamarro a corda deixando um braço livre. O outro, lógico, preso na tora. Coloco uma tigela de água e outra de frutas ao seu lado, e sinto sua mão livre passear nas minhas costas; carinho. Acordada, murmura:
— Me solta... Eu não vou fugir...
Sua voz, doce: me encanta ouvi-la.
— Me solta...

Claro que não.
— Você sabe cantar?
— Me solta...
— Canta.
— O quê?
— Qualquer coisa.
Ela enxuga os olhos, a boca, e começa, com uma voz trêmula, engasgada, uma canção infantil, de ninar, que me relaxa, dá sono.

Será importante para as crianças que a capela esteja em ordem. Começo a reforma da capela pelo telhado; talvez para estar mais próximo do céu.

Estava descendo do telhado e percebi que, mais uma vez, a menina não estava no lugar. Mas que inferno! Por que resistir?! Ela vai demorar pra aceitar. Eu preciso abrir-lhe os olhos. Saí para a estrada, com a corda na mão, e segui o seu rastro, desta vez, sem correr; nenhuma pressa. Mais adiante, suas pegadas desapareciam pra dentro da mata. Sabidinha... Voltei correndo, passei pela agrovila e continuei no sentido inverso. Quase duzentos metros depois, suas pegadas saíam da mata. Ela dera a volta para me despistar. Que bom que é esperta.
Apesar de eu andar rente às árvores, ela me descobre e entra correndo na mata. Agora sim, está ficando perigoso. Corro como um animal por entre as árvores e grito. Sei que gritando ela fica imobilizada. Grito mais alto quando vejo o seu vulto entre árvores, tentando se esconder. Ficamos nesse esconde-esconde, até ela correr perigosamente na direção de um riacho. Eu logo atrás. Ela olha assustada na minha direção, tropeça numa pedra e rola por um barranco. Vejo seus olhos fechados, desmaiada.

Volto carregando-a no colo. Deito-a na minha cama, limpo o seu corpo com um pano molhado e percebo que sua pele está viva. Passo o pano e ela responde, arrepiando-se, abrindo os poros, me chamando, vem, vem. Passo o pano nos seios. Os mamilos crescem, duros... Encosto meu ouvido. Ah... Amarro os seus braços e pernas nas guardas da cama. Fui trabalhar.

— Pra onde você quer ir?! Não tem lugar pra ir! Eu cuido de você! Vive reclamando, choramingando pelos cantos! Não está satisfeita? Quer coisa melhor? Você não vai encontrar nada parecido!
— Me solta...
— Olha — falo com mais carinho —, daqui a pouco você vai amar esse lugar. Vamos plantar flores em todos os cantos. Vamos perfumar essa casa.
— Me solta, por favor... Eu faço tudo que você quiser...
Claro que não solto. Mas canta de novo.

Estava na margem de um igapó e não pegara nada com o meu arpão quando a sensação de estar sendo vigiado apareceu. Fiquei examinando tudo com calma, segurei a lança bem firme nas mãos e fingi estar pescando. Desta vez, não me vencerão. Por que não me deixam em paz? O que eles querem? A menina! Larguei tudo o que tinha e corri em salto pela mata. Ouvi nitidamente que me seguiam. Poderia armar uma tocaia e eliminá-los. Mas a menina era mais importante; fundamental. Saio das árvores e ando na espreita, por entre casas, até vê-la em pé, na varanda, desamarrada! Ao seu lado, uma figura conhecida, uma mulher: Carmem.
Alguém pulou nas minhas costas tentando me imobilizar. Em pé, gritei para juntar forças e comecei a rodar, até correr de costas contra uma parede e imprensá-lo nela. Ouvi bufar de dor. Fui uma, duas, três vezes com toda a força, esmagan-

do-o contra a parede. Senti seus braços afrouxarem. Mas uma corda, no meu pescoço, um laço. Ele apertou, me sufocando.

Aríton me puxava pela corda. Era do meu pulso que escorria sangue. Mas eu não sentia dor. Carmem e a menina vinham logo atrás. Andamos. Andamos muito. Demais. Uma pequena estrada, desembocando na Perimetral. Marcas de pneu de caminhão. Aríton, nosso guia, parou e refletiu.
— Vamos voltar — tentei. — Podemos fazer uma comunidade.
— Fica quieto!
— Vamos. Você fica com ela — apontei para Carmem. E ele me puxou: escolheu continuar pela Perimetral. — Afinal, você é um índio ou não é?
Não adiantou. É um idiota. Não sabe a oportunidade que tem nas mãos, assim, fácil, escapando. Não esperneei, nem fiz pirraça. Tinha consciência de que eu era, por enquanto, um derrotado. Um derrotado tem de ser humilhado e reconhecer o poder dos mais fortes. Porém, usar este poder pode virar o jogo:
— Amigo. Você viu as casas. Viu o lugar. O que mais você quer? Não é o que está pensando. Eu nem encostei nela. Eu estava esperando vocês. Nós quatro, juntos, podemos mudar o mundo. Temos um início. Basta seguir o que vem de dentro.
— Eu não quero nada. Só quero fazer o meu trabalho.
— O seu trabalho é recuperar o que perdeu.
— Cala a boca!
— Você gostou da vida na mata. Está no seu sangue.
Não adiantou. Seguimos pela estrada. Eu, prisioneiro, de cabeça em pé, e agora, com um lenço na boca, mordaça que ele amarrou pra me calar.

Um caminhão. Assim que nos viu parou. Aríton falou qualquer coisa para o motorista e mostrou a carteira da Polícia Federal. Ele deixou as mulheres subirem na cabine e nos indi-

cou a carroceria, coberta por uma lona, onde já havia gente: pessoas cansadas, com olhos fundos, que não falaram nada, nem para nos dar boas-vindas; alguns eu reconheci da comunidade. Sentamos bem na entrada, e Aríton deu três batidas na lataria. Partimos. Ele tirou a minha mordaça:
— Agora, pode falar...
Falar o quê? Aríton amarrou a ponta da corda na lataria e se encostou num canto, fechando os olhos. Olhei para as pessoas que se seguravam pra não cair. Estavam em silêncio, com medo de mim. Eu vi e poderia passar pra vocês. Mas o mundo não é só meu.
Chegamos numa cidade: Caracaraí. O primeiro ruído entrou furando os ouvidos:

UMA NOTÍCIA BOA

Aí está!

E UMA RUIM.

É...

PRIMEIRO A BOA.

O...

NÃO HÁ NOTÍCIA RUIM...

Fim.

O caminhão nos deixou na entrada da cidade. Rádios a todo volume apagavam a pureza que eu trazia da última fronteira. Estou sufocado...

Seguimos por uma rua como uma procissão de derrotados. Aríton me puxando pela corda. As casas, fachadas vermelhas, azuis, cores berrantes e rádios. Placas indicavam boates e mais boates. Era uma rua de terra: o puteiro de Caracaraí. Apareciam nas portas e janelas e zombavam de mim. Uma menina de uns doze anos, sem peito, e com o corpo todo marcado por cicatrizes, caminhou por alguns metros ao meu lado. Mandava beijinhos e passava a língua entre os lábios:

— Vem fudê, cachorrinho? Au, au...

Uma outra menina, também criança, sentada na varanda de uma das casas. Tinha um dente de ouro no meio da boca e levantava a saia pra mim. Estava sem calcinha. Icamiabas, indiazinhas, gritando agudo, como uma curica, fêmea do papagaio, que grita no amanhecer, hiiii, hi, hi, hi, hi... Beijinhos, piscava e levantava a saia. Não tinha pelos ainda. Um sujeito chegou perto dela e deu um tapa no seu rosto. Ela jogou uma garrafa nele e entrou em casa.

Caímos na avenida principal. Caminhões levantavam a terra do chão. Alguns curiosos apontavam de longe. O grupo entrou num hotel. Eu e Aríton continuamos até a Delegacia de Polícia.

Estar preso é pouco, pequeno, calcular os passos, esbarrar em paredes, te dizem o que é o tempo, olhar barras de ferro, contar riscos no teto, e te dão um prato de lata com o que chamam de comida. "Maria louca", bebida que faz vomitar, que dá loucura e preguiça, tardes — inteiras, por vezes, pátio. Falar o mínimo necessário. Aprender a escutar, atenciosamente, senão se ofendem. Às seis da tarde, assassinos e ladrões rezam Ave Maria cheia de... Quem não quiser não precisa, mas fique calado e respeite. A cama é limpa, o banheiro muito mais. O tempo é nada. Ficar em qualquer canto, talvez pensando. Às dez, o apagar das luzes, e facas se furando. Alguns morriam. Outros, só sangue. Eu, corpo intacto, mente não.

Foram uns três ou quatro. Agarraram-me, colocaram um capuz na minha cabeça e me tiraram da cela. Fui obrigado a deitar no chão de um carro, que partiu em alta velocidade. Que morte estúpida, covarde. Ninguém nunca saberá... Pararam o carro, puseram-me pra fora e tiraram o capuz:
— Olhando pro chão! Não olha pra cima!
Olhando pro chão, com um de cada lado, atravessamos o que parecia ser um bar, ou restaurante, ou boate, vai saber, até cairmos no banheiro.
[ ] [ ] [ ] [ ] [ ]
[ ] [ ] [ ] [ ] [ ]
Deixaram-me só; esperavam do lado de fora. Um chão todo molhado. Um homem na minha frente:
— Pode levantar a cabeça.
Obedeci.
— Quer um cigarro?
Aceitei.
— Você é um arquivo morto. Devia ter me dito que era jornalista.
— Você não me perguntou.
— Falei coisas pra você que não gostaria que fossem publicadas.
— Eu não tinha pensado nisso.
— Você me viu na pista de pouso.
— Vi.
— Em outros tempos, você seria julgado e condenado à morte. Mas não é do meu feitio. Proponho um acordo. Eu te deixo ir embora, e você esquece de mim.
— Aceito.

— De mim e dos guerrilheiros. Você tem de entender os motivos.
— Tudo bem.
— Se algum dia você publicar o meu nome, não sei o que pode te acontecer.
— Já disse: eu não falo nada.
— Mas antes, vai ouvir as minhas razões.
— Não precisa falar.
— Mas eu quero.
— Prefiro não saber.
— Eu me orgulho do que eu sou. Me orgulho desta farda. Uso ela pra defender o meu país. Só que penso diferente. Você é inteligente e sabe do que estou falando. Existem muitos de nós infiltrados. Somos uma raça em extinção, que vai continuar lutando. Não ria.
— Eu não estou rindo.
— Eu gostava de Zaldo. Ajudo a construir aquilo tudo, junto com os companheiros da Venezuela e Colômbia. Não sabíamos o que iria acontecer. Havia uma realidade que você conheceu. Era um movimento político, não religioso, nem fanático. Podia ser a ponta do iceberg. Podia ser *um tiro* na água. Pelo jeito, foi um tiro na água. Foram todos embora. Mas o mito Zaldo continua. Quem sabe não é o herói de que precisávamos? Nós vamos continuar. O mundo está mudado. Está fora de controle. Se estivermos bem treinados e atentos, poderemos ser o comando. Não vamos entregar as armas. Vamos libertar a América Latina, de uma vez por todas. O que foi?! Ficou louco?! Já disse pra não rir!
— Me desculpa...
— Você pensa que cem anos de luta não valem nada?! Você pensa que depois de tantos companheiros mortos nós vamos enterrar a bandeira?! É uma pausa. O mundo vai respirar para nos reorganizarmos. Você se prepare. Preciso falar mais?

Não, não precisa. Precisa sim. Não muito. Quem o matou? Só isso. O resto não me interessa. O meu mundo é outro.

Perambulei por um tempo na região. Dormia onde dava. Comia o que me ofereciam. De carona, subi, sempre subindo: Boa Vista, Uraricoera, Soledade e Depósito. Foram uns quatro meses. Conversei com muitos cachorros. Joguei pedras em rios. Numa tentativa, empreguei-me como frentista de um posto de gasolina da BR-171. Mais que isso: ganhei a confiança e virei gerente; pra falar a verdade, eu era o único frentista. Morava num barraco atrás do posto e dormia ao lado de um rifle. O lugar era sujo de óleo e graxa e havia papéis por todo lado: revistas velhas. Pensei demais. Na Amazônia, os primeiros a machucarem, derrubarem, queimarem, a mancharem de mercúrio os rios são os que nela vivem. Existem exceções, sempre existem, mas a maioria quer sim, asfalto, estradas, hidrelétricas, plantar, colher, dinheiro, ter, o mais rápido possível, o mais fácil, o que tiver na mão, sempre mais, no ritmo de uma BR-171, na escalada de uma mina Serra Pelada, buraco Carajás, Balbina, Tucuruí, polos, progresso. Odeiam o silêncio. Cada caminhão que vi passar era um pedaço à venda da floresta ferida, agonia, vai! Muita gente. Ambições. Havia uma poça de óleo, onde eu trabalhava, que aumentava de tamanho, dia a dia, expandindo-se pra mata. Para a maioria, os índios são inimigos: "Preguiçosos, vagabundos que ficam com a melhor parte." Os ianomâmi estão morrendo, temos responsabilidades frente a eles, nossa impotência, desafio. Dramático, faziam piadas deles: "Mendigos de estrada, só querem pinga..." Lutar contra uma maioria; sofre-se. Uma vez enchi o tanque do chefe de uma aldeia indígena. Pensei em não cobrar para contribuir com a "causa". Mas ele recusou: "Vocês pensam que nós somos pobres. A maioria dos parentes é. Mas, na minha aldeia, somos ricos, muito ricos..." Falou da indenização que receberam por causa das águas que inundaram as suas terras para a construção de uma barragem. Falou que tem índio que garimpa, que vende mogno, que exporta castanhas, que tem avião. Alguns passeiam de ultraleve, têm apartamento em Belém. Aldeias que têm casas de alvenaria e assistem à TV por uma parabólica. E os ianomâmi morrem. Sofre-se.

— A Amazônia é uma baleia encalhada na praia — ele disse. — No começo, ficou todo mundo olhando com pena dela. Até alguém arrancar um pedaço aqui, outro ali. E agora, estão todos com uma faca na mão, arrancando antes que acabe... O que você faria?

Cheguei a ligar algumas vezes pro meu pai, com a intenção de propor uma sociedade: um posto de gasolina na BR-174. Mas toda vez que ele atendia, eu desligava sem falar nada.

Encontrei alguns conhecidos da comunidade, que viajavam de carona. Havia sempre um olhar cúmplice e comentários em desvios: "Pois é, era bom, mas agora acabou..." Falava-se pouco em Zaldo, como de costume, e não se abriam, mas eu sabia: estavam à caça de outra, de outro, sempre...

Uma surpresa agradável: a dupla Anna e Bernard, a quem fiz questão de encher o tanque de graça e pagar um almoço. Passaram toda a refeição discutindo, brigando. Na hora de ir embora, Anna disse que ia voltar pra Boa Vista e me ofereceu uma carona. Perguntei da Itália. Ela falou: "Depois... Só se volta pra casa quando a vida perde a graça."
Aceitei a carona. Não vou pegar pedaço nenhum. Perdeu a graça.

IV
BE HAPPY

— Só agora?! Estou te esperando há mais de uma hora. Nós não tínhamos combinado?!
— Eu me atrasei.
— Saco! Devia ter ido embora. Você anda muito irresponsável.
Ultimamente, Gustav vivia me repreendendo.
— Vamos subir. Sua aparência está horrível. Toma um banho rápido e se arruma.
E dando conselhos.

Tomei um bom banho, fiz a barba e me vesti: o melhor paletó, a melhor camisa. Gustav reclamando que eu nunca ligo, que deveríamos nos ver mais, essas coisas. Acrescentou detalhes: "A casa está uma bagunça, e a TV, quebrada." Incluiu no repertório que ando muito desligado. É bom ter Gustav como amigo: referências do correto, que não atira no escuro.
— Você devia fazer terapia, Fred.
Claro...

Chegamos na festa e senti que apontavam pra mim discretamente. Cumprimentei-os sem que ninguém me perguntasse "O que tem feito?", apesar de havia muito eu não os ver. Certamente, leram nas revistas e jornais o que acontecera na última fronteira. A morte de Zaldo era um tema tabu. O máximo que falavam na minha frente: "Foi barra..." E logo mudavam de assunto. Nunca me perguntaram detalhes, como se quisessem me poupar, imaginando que a lembrança daqueles dias machucasse. O assunto fora amplamente divulgado, e conheciam bem os detalhes. Pensavam que conheciam. Mas não. Já, já eles esquecem, passa o tempo, e surgirá outro tabu para ser formulado.

Cheguei a dançar um pouco com Laika, dona da festa. Uma dança desengonçada, que pensei que estivesse dando certo, até quase torcer o pé e desistir e ficar num canto, observando aqueles que tinham talento para a coisa.

Atravessei o salão e fui para os patês. Bia apareceu:

— Qual é melhor: o verde ou o cinza?

— O verde.

— Então vou experimentar este — pegou uma torrada e passou um pouco do cinza. Mastigou e fez uma cara de nojo; exagerada: — Você tem razão: o verde deve ser melhor.

— Eu sabia que você vinha.

— Eu não tinha certeza se você vinha. Me disseram que anda sumido.

— Apareci.

— Vamos sumir daqui?

Fomos.

— Os senhores vão beber alguma coisa?

— Acho que um vinho. Que tal? Quer um vinho?

— Vinho é uma boa.

— Tinto?

— Não. É melhor branco.

— Tinto ou branco?

— Está quente aqui dentro...

— Um branco, por favor...

Ela pegou um guardanapo e ficou se abanando. Café Eldorado. Foi ela quem sugeriu. Lugar apropriado: um hotel em cima, *com* camas e fechaduras nos esperando. Ficamos um tempo em silêncio, até eu quebrar o gelo:

— Quando você chegou?

— Faz uma semana.

— Como sabia que eu andava sumido?
— Tenho os meus informantes. Me contaram que você passou um tempo por lá e voltou e não procurou ninguém.
— Bom esse informante. Depois me dá o telefone dele caso eu precise...
— Como era?
— O quê?
— A Amazônia?
— Triste. E você? Vai ficar muito tempo?
— Estou de férias. Talvez três meses. Não sei, depende...
— E Júlio?
— Ficou em Paris. Também está estudando.
— Ele está bem?
— Está. Conhece Paris?
— Conheço. Uma vez só. Fui a trabalho. Gostei. Principalmente dos cinemas. Passa filme do mundo todo.
— Até do Brasil...
— Onde você mora?
— Em Montparnasse.
— É bonito.
— É gostoso. Parece uma cidade do interior. Todo mundo se conhece, te cumprimentam pelo nome.
— Mora em casa?
— Não. É um *studio*. Mas dá pro gasto.
— E vocês estão bem?
— Quem?
— Você e Júlio?
— O que você acha?
— Não sei.
— Soube que saiu do *Brasil-Extra*.
— O quê?
— O que foi?
— Nada.

— O que você tem?
— Nada.
Ela acendeu um cigarro. Nossos olhos não se encontravam; havia sempre algum ponto para prender a visão.
— Soube que saiu do *Brasil-Extra*.
— É, saí.
— Por quê?
— Fiquei a fim de dar um tempo. Desde os dezoito anos que trabalho: dava aula particular enquanto estudava na USP, e nem me formei e já estava trabalhando. Nunca tirei férias.
— Eu sei... E o que tem feito?
— Passo as tardes andando por aí. Às vezes, pego o metrô e desço na última estação. Essa cidade é enorme. Existem lugares tão diferentes. Podemos passear um dia desses.
— É. Boa ideia. Eu não conheço quase nada de São Paulo.
— Outro dia eu passei em frente ao colégio. Fiquei um bom tempo olhando de fora, sentindo saudades. Tocou a campainha e vieram todos pro pátio. Adolescentes, crianças. Pensei que algum deles poderia ser eu.
— Você só se lembra das coisas boas.
— Me deu vontade de ser professor.
— É isso o que você quer fazer?
— Ou entrar para o Santo Daime.
Ela arregalou os olhos. Era para rir.
— Você está falando sério?
— Claro que não.
— Não entendi.
— Nada. Esquece.
— O primo deles entrou pro Santo Daime.
— Quem? O Bola?
— É. Mora no Acre. Colônia Cinco Mil. Conhece?
— Já ouvi falar. Que louco...
— E a menina?

— Que menina?
— A irmãzinha.
— Está bem. Está em Los Angeles, estudando na UCLA. Tem uma cabeça boa.
— Estudando o quê?
— Cinema.
— Ah...
— Ela até que se saiu bem de toda a história.
— E os outros?
— O Júlio não fala no assunto. Eu também não pergunto... A família não sei.
— Você não esteve na casa deles?
— Claro que não! Não suporto aquela família. Principalmente a mãe. O pai ainda vai. Mas a mãe...
— O que é que tem?
— Arrogante. Domina aquela casa. Dominou os filhos. Estragou com eles. Controlou as suas vidas até não poder mais. Agora, está pagando o preço...
— Eu gostei dela.
— Conhece?
— Uma vez.
— É insuportável. Queria ser outra coisa. O máximo que conseguiu foi ser mulher de empresário. Tem de provar a todo custo que é mais que uma dona de casa. E vivia dizendo que foi a primeira aluna de sua classe, que entrou em primeiro lugar no vestibular, fala não sei quantas línguas e leu todos os clássicos na adolescência. Reclama que os filhos não chegavam nem à metade. Uma dona de casa entupida em dinheiro...
— Me pareceu dedicada...
— Sabe quantas vezes ela falou comigo? Pra ser mais exata, uma. Logo no começo. Depois...
— Vai ver não gosta de você.

— Ela não gosta de ninguém. Muitas vezes passou por mim sem me cumprimentar. Nos jantares, falsa: todos os gestos meticulosamente planejados. Ria, sem estar rindo. Fazia citações, frases feitas. Aquele corpo esquálido, duro. Jogava um contra o outro. E se alguém ameaçasse o seu brilho, era logo boicotado. Ela é quem devia estar morta!
Enxugou a boca e acendeu outro cigarro. Jogou a fumaça por cima da minha cabeça. Os dedos, batucando na mesa; nenhum anel. Um sujeito com a farda do Exército da Salvação colocou um santinho na mesa. Ela ficou lendo. Não me dei o trabalho. Pela primeira vez, olhei fixo. Apesar do ar carregado, estava muito bonita.
— E nós? — perguntei.
Ficou olhando a brasa queimar o cigarro.
— E nós, claro... — jogou o santinho no cinzeiro, ajeitou-se na cadeira, abriu a bolsa e tirou o maço. Lembrou que já estava fumando e disfarçou, pegando um lenço e assoando o nariz. Deu uma longa tragada e soltou a fumaça para o outro lado.
— Temos que falar nisso?
— Temos.
— O que você quer?
— Não sei.
— Quer um balanço?
— Não. Esquece.
O garçom trouxe o couvert. Bia enfiou uma torrada na boca sem passar nada em cima. Não sentiu o gosto. Comeu por comer. Colocou o cigarro na boca, ainda mastigando. Comeu uma azeitona e se atrapalhou com o cigarro, com o caroço e outra torrada. Jogou tudo no cinzeiro:
— Vamos falar tudo. Mas não faça eu me sentir culpada. Já basta a família do Zaldo. Me tratam como se eu o tivesse matado. Vamos ser francos.

— Olha. Acho que eu não quero falar nisso. Perguntei por perguntar.
Agora sim: nossos olhos, grudados.
— Talvez você tenha sido o meu Daime. Todo mundo precisa de um. Era bom estar com você. Bom demais. Eu estava me casando. Tinha de casar. Mas você apareceu, e me apaixonei. Era romântico, carinhoso. Havia um detalhe: uma festa marcada, convites impressos, lista de presentes, bufê. Só isso. Tinha um anel que foi jogado no ralo. Tem Natal, tem réveillon, tem carnaval, tem casamento. Era só uma data. Minha vida não iria mudar. Estava apaixonada. Senti muito a sua falta em Paris. Você não saía da minha cabeça. Quando me telefonou daquela cidade, quase peguei o primeiro avião e fui atrás de você. Fiquei dois dias ouvindo a sua voz, sentindo o seu cheiro...
— E por que não voltou?
— Porque eu tenho a cabeça no lugar. Pelo menos, tento.
— E depois?
— Júlio apareceu.
— E pronto.
— É, e pronto.
— Fácil, não é?
— Você acha? Se você soubesse... Eu não me iludo, Fred. Sei que só faço trapalhada. Sou a minha maior crítica. Nada passou "em branco". É fácil estar com ele e pronto.
— E Zaldo?
— O que é que tem?
— Júlio me falou.
— Júlio não sabe nada.
— Então me fala você.
— Tem alguma importância?
— Claro que tem!
— Essas coisas não se explicam. Pelo amor de Deus, Fred. Eu queria você, queria Zaldo e queria Júlio. Queria tudo. Sou uma

só, mas e daí? O que me impede? Tenho o meu tempo pra viver e é pouco, passa rápido. Sou filha única. Sempre tive tudo o que quis. Fui paparicada, mal acostumada. Sinto muito: eu sou assim. Minha vida sempre foi certinha, uma linha reta. Por mais que eu lutasse contra, era um mundo cor-de-rosa, previsível. Eu tinha de ter uma mancha. Tinha de escorregar, me quebrar, até doer. É tão difícil de entender?!

Eu não queria continuar. Ficamos um bom tempo em silêncio. Entrou um amigo. Graças a Deus me reconheceu e veio falar comigo. Lógico que não consegui prestar atenção. Ela se levantou:

— Onde é o banheiro?

Apontei para o fundo do salão e ela foi, deixando a bolsa em cima da mesa. O amigo acabou encontrando um amigo seu e foram se sentar no balcão. Fiquei observando a bolsa por um tempo e abri: batom, escova de cabelo, vários papéis jogados, uma multa de trânsito, uma caneta e uma carteira. Examinei a carteira. Num compartimento, várias fotos três por quatro. Estávamos todos lá. Fiquei feliz em ver a minha foto. Eu estava mais jovem. Um cabelo bem alinhado e um sorriso. Coloquei-a no início da fila e devolvi a carteira. Ela voltou. Seus olhos, vermelhos. Ou chorou, ou colírio, ou apenas lavou o rosto. Por que choraria? Ficou batendo com o garfo no prato, até jogá-lo com força:

— Fala logo, Fred!

Não entendi.

— O que aconteceu por lá? Tudo o que eu sei é o que saiu nos jornais. Júlio não toca no assunto. Ninguém fala nada. Só sei boatos. Me fala tudo, por favor...

— Por que quer saber?

— É a minha vida!!

Falou mais alto que o recomendável. Olhou para os lados. Suspirou sem paciência e acendeu outro cigarro. O garçom trouxe o vinho e me mostrou o rótulo. Fiz uma cara qualquer. Abriu a garrafa com todo estilo, serviu-me "um dedo" e esperou a minha avaliação. Bebi e fiz outra cara qualquer. Acabou de servi-la, ela bebeu tudo num gole e depositou a taça vazia sobre a mesa. Ele ficou por instantes sem reação. A norma recomendava me servir. Mas frente à taça vazia e à sede de Bia, acabou servindo-lhe uma segunda dose.

— Gostariam de fazer o pedido agora?

— O que o senhor recomenda? — perguntei.

— Depende.

— Qual o prato que sai mais?

— Sopa à moda do chefe.

— E como é?

— Um caldo de feijão com...

— Depois fazemos o pedido! — Bia, impaciente.

— Fiquem à vontade...

E saiu. Peguei um cigarro do seu maço e acendi. Traguei fundo e soltei a fumaça para todos os lados. Encostei-me na cadeira e joguei os meus olhos nela:

— Zaldo tirou Júlio de lá.

Ela se virou para o outro lado, como se minhas palavras cheirassem mal.

— Sei que havia muito ódio entre os dois. Júlio chegou a me dizer que primeiro iria se livrar do irmão, depois de mim. Patético... Mas Zaldo quis poupá-lo. Tinha motivos. Júlio intrigava a todos. Provocava, desafiava, sem medidas. Zaldo estava desgastado. Um trapo humano. Me chamou no último dia e pediu para que eu o ajudasse a fugir. Havia uma fumaça laranja que sufocava. Fugimos e um tiro o matou, um tiro vindo da mata. Muitos ainda vagam pela Amazônia, jurando amores a Zaldo. Penduram fotos dele nas paredes. Você quer que continue?

Balançou a cabeça: queria.

— Você é a primeira pessoa a quem estou contando. Não sei por que não escrevi os artigos. Me queimei. Existem aqueles que têm medo de fazer o que pensam. Outros têm medo de pensar no que fazem. Ultimamente, tenho feito coisas sem pensar. Você não viu como estavam encantados. Eles o amavam acima de tudo. Todo mundo tem um Daime, não é isso? Não estou em posição de julgar quem era o louco. Afinal, por que Zaldo fez tudo aquilo? Como chegou até lá? Tinha superpoderes? Não. Era o Zaldo de sempre. Não precisava fazer muito para que acreditassem nele. E a nossa presença foi um alerta: "Acorda..." Ele estava assustado com as proporções que o movimento ganhara. Queriam muito dele, mas ele parecia fraco. Foi a primeira vez que vi um líder duvidar da sua capacidade. Será que Jesus nunca se perguntou: "Eu sou mesmo um profeta, o Messias?" Será que os deuses do Olimpo nunca tiveram dúvidas da sua imortalidade? Encontrei um capitão do Exército. Foi quem me tirou da cadeia.

— Que cadeia?

— Isso não importa. Capitão Borlas. Era um capitão de esquerda. Não sei, direita, esquerda; isso significa muito pouco hoje em dia. Tinham Zaldo como testa de ferro. Estou um pouco confuso. São muitos os detalhes. Zaldo, eu e a menina fugimos numa canoa. Remei feito um alucinado. Quando atingimos o rio, ele deu uma gargalhada. Até um tiro acertar ele aqui, no peito. Abriu um buraco. Ele foi caindo, devagar, e escorregou do barco. Seu corpo ficou boiando muito tempo ao nosso lado. Ela ficou em pé.

— Senta. Ainda não acabei.

Sentou-se. Um prazer imenso em destruir:

— Antes disso, teve um dia que eu me perdi, no meio da mata. Sem querer; vi o tal capitão descendo de um avião. Era uma pista de terra, e havia guerrilheiros por toda parte. Ele me viu. Depois, nos encontramos no banheiro de um restaurante, numa cidade chamada Caracaraí. Me ofereceu uma troca. Eu não falaria nele e ele me deixaria ir embora. Antes de sair, perguntei quem matou Zaldo. Ele me disse.

Segurei a taça de vinho e dei um gole. Ela ficou dura.
— O Exército estava acampado na margem do rio, sob o comando do general Hollywood. Estavam prontos para intervir; sabiam dos nossos problemas. Como medida de segurança, barravam todos os barcos que vinham da comunidade. Num deles, Júlio. Finalmente, um informante avisou que Zaldo estava fugindo numa canoa. Júlio convenceu o general a não invadir. Ficaram de tocaia, na beira do rio, só os dois, o general e Júlio, esperando Zaldo passar... Carrego isso todo o tempo. Não é por vingança, eu te quero bem, de verdade... Um dos dois deu o tiro.
Ela se levantou num pulo. Quebrar o eixo:
— Te dou esta dúvida de presente. Fique com ela...
Ficou parada, sem rumo. Apoiou-se na mesa e olhou sem me ver. Ela virou as costas e, empurrando cadeiras, foi pro banheiro. Eu, respirando fundo, olhando pro nada, esmagando o cigarro entre os dedos, e as unhas cravadas na mesa. Sem parar de tremer, peguei a taça de vinho e tentei dar um gole. Meu queixo tremia. Os dentes batendo. Acabei quebrando a taça na boca. Cuspi os cacos e passei o guardanapo. O garçom apareceu rápido e limpou a mesa, catou o resto da taça e me deu outro copo:
— Quer escolher o prato agora?
Só então viu o sangue na minha boca. Ficou pálido, deu dois passos pra trás e se apoiou numa coluna. O sangue escorreu por toda a camisa. Coloquei o guardanapo manchado sobre a mesa, levantei-me afastando a cadeira com as pernas e fui embora batendo a porta e sem olhar pra trás:
[ ][ ][ ][ ][ ]
[ ][ ][ ][ ][ ]

E ontem, hoje e amanhã
Não serão sempre
Ontem, hoje e amanhã.

Conheça mais sobre nossos livros e autores no site
www.objetiva.com.br

Disque-Objetiva: (21) 2233-1388

Impressão e Acabamento: